タダキ君、勉強してる？

伊集院　静

集英社文庫

目次

「世のなか」の先生

「遊び」の先生

「作家」という先生

「友」という先生

タダキ君、勉強してる？

いつもそこに「先生」がいた

人の履歴書を読むというのは、しんどいものである。

どこで生まれて、どんな家庭で、どう育って、どんな事件を経て現在に至ったか。興味はあっても、読みとおすのはなかなかに骨が折れる。

どんなに偉大な人のものでも、必ず退屈な時期があったりなどして、延々とは読めないものである。

「どんな子どもでしたか」

「若い頃はどんなふうでしたか」

履歴書を書くかわりに、私はこれまで、ずいぶんたくさんの質問に答えてきた。

しかし、いちばん肝心なことには、もしかしたらきちんと答えてこなかったのではないか、という気がしている。

いちばん肝心なこと。それは、「いかにして、自分が今の自分になったか」ということである。言うまでもなく、人は、さまざまな人と出会い、そして別れを繰り返して、現在へと至っている。

そんな中に、自分を現在の自分へと導いた人との出会いが、必ず、何回か含まれている。

その人とは、「先生」である。

人生の折々において、大切なことを教え、学ばせてくれた師のことだ。

学校の教師とは限らない。

自分を生み、育てた父と母に始まり、きょうだい、友人、近所の人。長じては同僚、上司、恋人、伴侶、子どもたち。

あるいは、日常の道端で、ほんの通りすがりのように出会った人までが、ときに、その後の人生を左右するような示唆《しさ》を与えてくれる。

人生、出会うすべての人が師である、などという、説教じみたことは言いたくない。

しかし、今、ここにいるのがどうしてこういう自分なのか、それを決めてきたのは、やはり、その人たちとの出会いなのだと思えるのである。

私にも、多くの「先生」たちとの出会いと別れがあった。そうして、たくさんのことを学ばせてもらった。

そのことを、これまでたくさんの小説や随筆に綴《つづ》ってきた。しかし、いちばん肝心なことを、もしかしたらきちんと書いてこなかったのではないか、とも思う。

作家が自分のことを書くとき、必ず書けないことが出てくる。書けないこと。それは、「恥ずかしいこと」である。自分のした恥ずかしいこと、恥ずかしいと思ったことを、筆は意識的に、あるいは無意識的に避ける。避けて、格好いい自分を作り上げてしまう。

だから、今回は「話す」ことにした。

恥ずかしいことも含めて、話した言葉を、第三者が整理しまとめることで、より肝心なことを、明らかにできるかもしれない。そう考えたので、これは、あくまでも話し言葉に基づくものであることを、どうかご了承いただきたい。

先生について話すこと。それは、嘘《うそ》いつわりのない、自分について話すことである。少なくとも、それを心がけたいと思う。

以前、『愚者よ、お前がいなくなって淋《さび》しくてたまらない』という小説を上梓《じょうし》した。私がこれまでに出会った、友人という名の、ある種の「先生」たちの物語である。発表後、ふたりの人物から、作品に対しての感想をもらった。

いずれも、「昔の友だちに、手紙を書きたくなりました」というものであった。

これから話す、私の先生たちの話を読んで、そういう気持ちになってもらえたら、うれしい。

「故郷」の先生

1 高木幸忠先生

「スケッチに行こう」
夏休みが終わったある日、
オール１の私に
先生はそう声をかけてくれた。

ずっと、劣等生だった。

このことは、ことあるごとに話し、あるいは書いてきたので、ご存じの方も多いと思う。

まず、幼稚園には、ほとんど行っていない。

正確にいうと、一日で行くのを止《や》めた。

登園した最初の日、私を含む子どもたちは、皆で切り紙をさせられた。鋏《はさみ》で紙を切り、広げると何かの模様になるという、あれである。私には、初めての体験だった。紙は手元で、みるみるうちにボロボロになった。

それを見た隣の少女が、ひと言、私にこう言った。

「あんた、バカね」

その場で、席を立った。

「女子どもにバカと言われて、平気でいる男がいるか」

父の言葉を思い出した私は、それを実践したのだ。それからは、近所の悪ガキたちと野っ原を駆け回って遊んだりと、好きなことだけをして過ごした。父も母も、そんな私の行状を、とくに咎《とが》めだてたりはしなかった。

そんな前歴があったから、小学校への通学も危ういものだった。

二日目から、家は出たものの、授業が始まる時刻になっても学校に辿《たど》り着かない。家の者たちが捜しに行くと、通学路の途中にある鍛冶屋《かじや》の前で、鍛冶屋の親父《おやじ》の仕事の手元を飽かず眺めていたという。家の普請中は、やはり大工の手元に夢中になっていた。

それが私、西山忠来《にしやまただき》という少年だった。

そんな調子であったから、一学期、最初の学期末にもらった通信簿の評定は、はたしてオール1であった。

「タダキ君は、学校というものが何なのか、まったく理解できていません」「毎日来るようにはなりましたが、くれぐれもご家庭でよくよくご指導ください」と、添え書きがしてあった。

さすがに、大人たちも怒り出した。

「おまえ、何考えてるんだ」

「義務教育なのよ」

「こんなふうでは、とてもまともな社会人にはなれません」

しかし私自身は、ガミガミ叱られたところで「何を言ってるんだろう」くらいにしか思っていなかった。

「タダキ君、勉強してる?」

母が、ことあるごとに私に訊《き》く。

「うーん」と、私は答え、一応、考えるふりをする。

そのうち、いつもの面々がやってくる。

「タダキくーん、あーそーぼっ！」

途端、「はぁーい！」と飛び出していく。

オール１もむべなるかな、である。

そこから私を掬《すく》い上げてくれたのが、当時の担任教師の高木幸忠《たかぎゆきただ》先生であった。

普段は、鬼のような先生であった。うるさくしていると、チョークを投げる。反抗すると、出席簿で頭を殴る。ヤンチャ坊主の私が目をつけられるのは当然で、最初に座っていた窓際の席から教壇の真ん前に移動させられ、授業中を通して監視される憂き目にも遭った。

そんな典型的な鬼教師ではあったが、実は絵の好きな、芸術家肌の一面があった。

「スケッチに行こう」

夏休みが終わったある日、高木先生は私にそう言った。

私だけではなかった。もうひとり、クラスメートのフジワラ君にも、声がかけられていた。

指定されたのは、日曜日であった。絵は好きだった。しかし、なぜ休みの日にわざわざ、クラスの中で私たちふたりだけを連れ出そうとしたのか、そのときは、まったくわからなかった。

わからないまま、誘われたことを、私は母に告げた。

約束の日曜日がきた。

朝、私は母に連れられて、駅へ赴いた。駅には、高木先生と、フジワラ君が待っていた。

母から私を引き取ると、いつもは恐ろしい高木先生が「大丈夫。大丈夫ですよ」と言って、笑顔を見せた。

よろしくお願いします、と母は深々と頭を下げた。その瞬間、母の眼《め》から、パタパタッと、大粒の涙がこぼれ落ちたのが見えた。私は、びっくりして立ちすくんだ。そして、こう思った。

もしかして、俺は棄《す》てられるのか？

フジワラ君は、母子家庭の少年だった。父親はいるが、家にはいない。噂《うわさ》では、人を殺して刑務所に入っているという話だった。おとなしい少年で、絵がとてもうまかった。対して、オール1の劣等生の私である。町内でも目立つ一家の、その特殊な事情も、もちろん先生はわかっている。

　フジワラ君と一緒に。

　私にこう聞かされたときから、母はすべてを悟っていたのだろう。

　プラットホームで母と別れ、私は先生とフジワラ君と一緒に、列車に乗った。

　人前で涙を見せることなどなかった母は、先生が自分の息子を思いやり、はじめてまともに扱ってくれたことに、思わず感極まったのだろう。

　列車が動き出した。母は、まだ泣いていた。

　行き先は、下関《しものせき》だった。海岸べりの丘の上、そこにあったテレビ塔の足元に陣取ったフジワラ君と私は、スケッチブックを広げ、絵を描き始めた。

　丘の上からは、関門《かんもん》海峡が見渡せた。フジワラ君は、その風景を丁寧に描いていた。私は、なぜか海峡には目もくれず、蜘蛛《くも》の巣のように張ったテレビ塔を真下から見上げ、その向こうに見える空とともに描いた。

　何を描いているんだ、とスケッチブックを覗《のぞ》き込んだ高木先生は、「へえ、面白い構図だな」と言い、フジワラ君を呼び寄せた。

　フジワラ君も「うまいね」と言った。

　フジワラ君は海を、私は空を、そうして一日中描き続けた。

　高木先生は、私たちの傍《そば》で、それを見守っていた。

　面白いな。うまいね。自分のすることを他人から褒められたのは、人生で、このときがはじめてだった。

この日描いた空の絵は、のちに市の美術展に出品され、私は銀賞を受けた。市内のデパートに展示されたその絵を、私は母たちと観《み》に行き、その前で誇らしげに写真まで撮った。

このこともあって、図画工作の成績は、次の学期には1から3に上がり、私はオール1の不名誉から、何とか脱することができた。

弾みがついて絵に目覚めた私は、それから一心不乱に描き始め、図画工作の成績は、最終的に最高の5にまで上り詰めたが、そのせいでのちに思いもかけない弊害が出ることになる。だが、それはまた別の話である。


要するに、高木先生は、フジワラ君と私を贔屓《ひいき》したのである。

それぞれに複雑な事情を抱えた少年たちに、絵を描く楽しみを教えることが、生きていく上でよすがになるかもしれないとでも考えたのであろう。

昨今の平等主義からすると、特別扱いは憎むべきものかもしれない。しかし、この頃は、こういう思いやりが生きていた。いい時代だった、ということなのだろう。

フジワラ君とはその後、クラスが分かれ、親しく接する機会はなかった。彼が絵を描き続けたか、そして、どんな人生を送ったかは、わからない。

その日のことを、私はのちに、自伝的小説の一場面に書いた。たまたまそれを読んだ高木先生の娘さんが、「これ、お父さんのことじゃないの」と先生に告げた。後日、高木先生から私の元へ、一通の手紙が届いた。

あのニシヤマ君が、たいへんな出世をなさって。

手紙には、そんなふうに書かれていた。

それは間違いなくあなたのおかげですよ、と、私は胸の内でつぶやいた。

2　金先生

名人のパンソリは、
山を三つ、あるいは四つも
越えていく。

今の私は、朝鮮語を少しだけ話す。

それは後年、自発的に身につけたもので、生家で教わったものではない。生家で使っていたのは日本語で、ことに、母は、子どもたちに正しい日本語を使わせ、美しい文字を書かせることに執心した。

心血を注いでいた、といってもいいかもしれない。

「日本語は、私たちの国の言葉ではありません。そういう私たちが使うのだから、誰よりも正しい日本語を話し、美しい字を書かなければなりません」

だから、できるだけ丁寧に言葉を話し、整った文字を書こうと努力してきた。

母の教えがどのくらい実を結んだかはわからないが、とにかく、そうして現在がある。

生家は、賑《にぎ》やかな家だった。家族に加えて、大勢の雇い人が始終出入りし、いつも威勢のいい朝鮮語が飛び交っていた。しかし、少年だった私には、それはどこか野蛮なものとして響いた。

敷地の中には集会所があって、そこでは毎晩のように宴会が繰り広げられていた。子どもは近づくなときつく言い渡されていたので、足を踏み入れることはなかったが、そこから聞こえてくる人々のけたたましい声は、私の住む棟にも聞こえてきた。

かの国の人々は、よく歌い、よく踊る。酒が入り、宴《うたげ》が佳境に入ると、誰からともなく太鼓を叩《たた》きだし、続いて、踊りに興じはじめる。

ヘイヘイヨー
ヘイヘイヨー
ヘイヘーイヨー

タンタタタ、タンタタタ、という、あの、アリランのリズムである。しばらく聞いていると、誰でも歌い、踊ることができる。

しかし、それだけでは済まず、宴の果てには必ず喧嘩《けんか》が起こった。

そこで飛び交う朝鮮語は、子ども心にはまことに恐ろしいものだった。とにかく敷地が広く、その中で行われることだから、どれだけ騒音が出ても、誰からも咎められることはない。喧騒は、夜更けまで続いた。

「どうして、皆、あんなふうに話すの」

ある日、思いあまった私は、そう母に問うたらしい。

すると、母は私を、ある人のところへ連れていった。

金《キン》先生、といった。

会ったときは、すでに白髪で、子どもの目には老人のように見えたその人は、韓国出身の在郷の学者だった。学校などでは教えていなかったが、近所に在住する韓国系の人々が葬式などで礼法を実践するときにお伺いを立てる、いわば有職家《ゆうそくか》のような立場の人であったらしい。

母は、自分の父親を通じて、金先生と既知の間柄であった。

息子に読んで聞かせてやってくださいませんか、と、母は持参した本を差し出した。縦書きの、美しいハングルの本だった。金先生は母からそれを受け取ると、ゆっくりと開き、朗読しはじめた。

本は、歴史書であった。百済《くだら》と新羅《しらぎ》、そして高句麗《こうくり》の歴史。おもには、百済王の話をされていたと思う。

と思う、というのは、当時、少年だった私には、朝鮮語がさっぱりわからなかったからである。

しかし、それでも、毎晩、集会所から流れてくるあの恐ろしげな言葉とは、まったく異質の言語であることは、無知の耳にも感じとれた。

美しい言葉だった。はじめて耳にする、たおやかな、母なる国の言葉だった。

母の実家には、数多くの本があった。その日に持参したような書物が、おそらく他にもたくさんあったのだろう。

対して、私の生家には、そうしたものはほとんどなかった。のちに、子どもの成長につれていくらか書物が増えたが、それも『ジュニアそれいゆ』といった、雑誌の類《たぐ》いが多かった。父と母の育った環境は、そのくらい異なるものだったということだろう。

だから、母は、私に教えたかったのかもしれない。

「わかったでしょう」

金先生の家からの帰路、母は、私に言った。

「静かに話せば、いくらでも話せるのよ。お父さんの出身地の人たちは皆ああいうふうに話すけれど、本当の朝鮮語はそうじゃないの。覚えておいてちょうだいね」

それでも、烈《はげ》しさもまた、朝鮮語のもつひとつの側面なのだと、私は思っている。

流れるような、金先生の朗読。しかし、その中でも、ときどき、先生の声が高揚を帯びる瞬間があった。

一頭の虎が来て、山へ登った。その虎が、と、物語が山場《やまば》にさしかかると、一瞬、静かな語り口に、下から上へと突き上げる、地鳴りのような強い抑揚がかかる。

「うわっ」と、思わず声を上げそうになるほどの迫力を、少年の私は感じた。

それは、まさにあの集会所から聞こえた恐ろしげな怒鳴り声にも通じる、野趣溢《あふ》れる響きだった。

恐ろしいといえば、パンソリもまた、子どもの耳にはいささか強すぎた。パンソリとは、太鼓の拍子に合わせた歌と台詞《せりふ》、それに身振りが加わった、人生の哀切を語る、朝鮮の伝統的な芸能である。

書斎で会ったのは一度きりだったが、私は、金先生がパンソリの稽古をしているところを目にしたことがあった。

そこは、海岸だった。

きちんと礼装をした金先生は、海に向かって立ち、朗々と、そして激しく、パンソリを歌いあげていた。

これは、正式な練習方法であるということを、あとで聞いた。たとえ豪雨の中であろうと、いかに海がうねっていようと、それに負けないように歌いとおす。名人と呼ばれる人のパンソリは、山を三つ、あるいは四つも越えていくほどの力を湛《たた》えているらしい。

激しく打ち寄せる波と風に抗《あらが》うように、金先生も歌っていた。

今の私は、朝鮮語を少し話すが、アリランも、実は少々歌える。

しかし、人前では話さないし、歌わない。もちろん、踊らない。

しかし、あの独特のリズムと音階は、確かに、私の中に息づいている。

父なる烈しさと、母なる優美さと。
朝鮮語は、私にとっては、そうした言語である。

3　林先生

「坊、弱い者いじめはいけません」

夏は、いい季節である。

何かに打ちこんでいても、ぼんやり佇《たたず》んでいても、夏は何かしらの思い出を残し、そうして過ぎていく。それは、多感な少年時代ならばなおのことで、私にも、多くの思い出ぶかい夏がある。

なかでも忘れがたいのは、ほんの幼い頃、ある男と離島で過ごした夏のことである。


小学校の恩師、高木先生のおかげで絵を描くことに目覚め、オール1の劣等生人生に別れを告げたことは、すでに書いた。

しかし、その目覚めによって、その後、私は、ある危機に陥《おちい》ることになった。

絵を描く楽しさを教わった私は、それから一心不乱に絵を描いた。描いて、描いて、描きまくった。朝も昼も夜もなく、描き続けた。

絵は、どんどん細密になっていった。

人の目を描こうとすると、鏡を覗きこんで自分の目を見つめ、毛細血管の一つひとつを正確に再現しようとする。描いていると、飛ぶように時間が過ぎていった。ときには、食事の時間になっても描くのを止めようとしない私を、母は案じていたという。そうしているうちに、私の中にある体内時計に、徐々に狂いが生じはじめた。

私が絵を描いているうちに、家族は食事をし、テレビを観て、やがて布団を敷いて眠りにつく。

その間も、私の筆は止まらない。

絵を描いていると、私の耳にはどこからか、蹄《ひづめ》の音が聞こえてくる。そのうち、それは群れをなし、幌《ほろ》馬車のようなものが、私の周りを廻《まわ》りはじめる。

地響きを立てて幌馬車が廻るなか、私は絵を描き続ける。

そうして、目が覚めると夜が明けていて、すっかり朝になっている。

私からすると、家族の普段の営みのほうが、早まわしのアニメーションのように見えはじめていた。

あるとき、母が「数字を十から、ひとつずつ、逆に数えなさい」と言った。

私は、十、九、八、七、六、と、順当に数えた。数えたつもりだった。

しかし、母の命で私の傍についていた妹によると、十と九の間が三、四十分空いたり、どうかすると一時間、いや、二時間近く空くこともあったという。

完全に、時間の感覚が麻痺《まひ》したのだった。

そういうわけで、人生ではじめて、今でいうところの精神科の門を、私はくぐることになった。

脳病院、と呼ばれていた頃である。私が連れていかれた病院は山の上にあり、そこから帰ってきた者は「右田山《みぎたやま》帰り」と呼ばれていた。病院に着き、そこで運悪く母とはぐれた私は、鉄格子の嵌《はま》った窓を見て、絶叫した。

子どもにとって、そこは、恐怖しかない環境だった。

診断は、当時分裂病と呼ばれていた病気ということであった。

子ども相手のことであるから、母はその診断を、私には伝えなかった。伝えない代わりに、私は学校を休むよう命じられた。そして、瀬戸内の能島《のしま》という離島へ行くのだと、申し渡された。

要は、転地療養である。

その間の私の世話係を、ひとりの雇い人の青年が命じられた。

それが、林《リン》さんだった。

六月の下旬、私は林さんと連絡船に乗り、能島へ旅立った。

桟橋に見送りに来ていた母と別れたときは、「これはもう、棄てられるのかもしれない」と諦めにも似た気持ちを抱いた。が、もともと、夏休みまでもう何日、という時期である。旅行に出かけるような気分で、私はすぐに気を取り直した。

林さんは台湾から来た若い衆で、ものすごく体が大きく、力持ちだった。

坊主頭で、がっしりした体の肉づきと、角張った顔つき。ローマオリンピックの十種競技で活躍し、アジアの鉄人と謳《うた》われた楊伝広《ようでんこう》とよく似ていたから、アミ族とか、高砂《たかさご》族といった、原住民族の血が入っていたのかもしれない。

コミュニケーションは普通に取れたが、口数は極めて少なかった。たぶん、日本語がそれほど得意ではなかったせいもあるのだろう。

能島では、絵を描くことは禁じられていた。そのかわり、勉強もしなくてよかった。私がそこで覚えたのは、まず、水泳。そして、野原で子どもたちが興じていた野球だった。

もともとは、健康で頑丈な少年だった私は、すぐに新しい遊びに没頭した。滞在中、林さんは、何くれとなく私の面倒を見てくれた。昼は海に一緒に入り、夜は蚊帳《かや》を吊《つ》った中で、隣りあって眠った。

何よりよかったのは、林さんが、野球のできる男だったことだ。戦前の台湾で覚えた野球を、林さんはよくやってみせてくれた。

何かあれば私ひとりくらいひょいっと抱えられるほど強い林さんは、最高のボディーガードである。私は安心して島での日々を満喫した。

いつの間にか幻聴は聞こえなくなり、体内時計も元に戻っていた。

強いうえに、林さんは優しい男だった。

よく言われたのは、「坊《ぼん》、弱い者いじめはいけません」。このことは、本当に徹底していた。強くて優しい、男の理想のひとつの姿を、私はこの異国から来た青年に学んだ。

そういう人間が、私の周囲にもうひとりいた。

母である。

母は、「どうせ向かっていくんなら、大きい相手に向かっていきなさい」とよく言っていた。

自分の息子を託すくらいだから、林さんと母は、よくよく気があっていたのだろう。

そういえば、分裂病気味になる前の、市内の美術展で銀賞をもらったときに撮った写真でも、母の隣には林さんが写っていた。

年の頃も近いふたりは、似合いのカップルのようにも見えた。

しかし、林さんは、おそらく長くは我が家に居つかなかった。

「おそらく」というのは、林さんと別れたときのことを、はっきりとは覚えていないからである。あんなに世話になったのに、林さんが家を立ち去った時期も理由も、私は知らない。

知らないせいか、ひとつの思いが、私の中に残った。

それは、「母と林さんの間には、実は、何かあったのではないか」ということだった。

あの夏の日、桟橋で私と林さんを送りだしたときの、母の表情。

隣りあって写真に写っていたときの、ふたりの間の空気。

もちろん、何も確証はない。確かめてもいない。その思いを、もしかしたらあったのかもしれないロマンスを、私は後年、『海峡』という自伝的作品の中に書きこんだ。

夏が近づき、ツバメが飛ぶ季節になると、林さんはよくその様子を眺めていた。

「ツバメはどこから来るの？」

私がそう問うと、台湾からだと林さんは言った。

そして、ツバメは台湾から渡って来るのに、自分は台湾に渡れないなぁと、いつもつぶやいていた。


林さんは、どこへ行ったのだろうか。

作品の中で、私は林さんに悲劇の運命を与えてしまったが、もしかしたら彼は、念願の帰郷を果たしたのかもしれない。

夏が来るたび、島で過ごした時間を思いかえす。

そうして、あの心優しい大男のことをも、懐かしく思い出すのである。

4　又野郁雄先生　その一

全世界の、あらゆる民族は、
我らが同胞である。
コスモポリタニズムの思想は、
私の心を奥底から
強く揺さぶった。

学問の面では、私の中学時代は「悲惨」のひと言に尽きた。

小学生の頃、例の離島での生活で野球に目覚めた私の毎日は、以降、寝ても覚めても野球一色に染まった。

そして、中学に入り当然のように野球部に入部してからは、文字通り野球に明け暮れる日々を送ることになった。それだけでも学業に支障が出るのは必定なのだが、学校でできた悪友たちとともに、私はしばしば事件を起こした。

といっても、今思えば、他愛のないものである。

あるときは、水泳禁止の時期に川へ入って泳いだことが、どうしたわけか学校にばれてしまい、中学生にして停学をくらうはめに陥った。しかも、それを申し渡された当日、全校生徒八百人の前で、私を含む当事者三人は、したたか教師に殴られた。

そんな時代であり、そんな学校だったということである。

そういうわけで、高校への進学には、さしたる夢も希望も抱いてはいなかった。

とりあえず、もっとも近くにある、最難関とされた県立高校を受けることに決めた。

受験は一校のみ、と、あらかじめ両親からは申し渡されていた。落ちたら進学の必要なし、家業を継げという意味である。

しかし、幸いにして、というべきか、なんとか入学試験には合格した。家業を継ぐ約束は猶予された。

入学後も、もちろん野球部に入部し、野球漬けの日々が続くことに変わりはなかった。

しかし、高校ではもうひとつ、私のその後の人生にとっての大きな転機がもたらされることになる。

それは、高校二年生のとき、倫理社会の担当として赴任してきた、ある青年教師との出会いであった。

又野郁雄《またのいくお》先生、というその名を、なぜか母のほうが先に知っていた。

家の近所にあった酒屋の二階に先生が下宿をすることになったらしいということを聞きつけた母は、私に「これを届けておいで」と刺身を持たせ、ついでに洗濯物をすべてうちに出すようにとことづけた。

教師というものが、そういう存在であった時代のことである。

酒屋の主人は、地元の実業団野球部で活躍した往年の名選手で、野球部のOBのひとりでもあった。

刺身を手にやってきた私に、その主人は「とにかく、えらい酒呑《さけの》みだぞ」と言った。

かくして、呑ん兵衛の新任教師が下宿に帰ってきた。

母からの預かりものを差し出し、私は挨拶をした。彼は一瞥《いちべつ》して「おっ、ヒラマサじやないか。これはいい」と言い、酒屋のおかみさんに「ビール、もらうよ」と声をかけ、樽《たる》の底からもっとも冷えている一本を選び取り、私を二階へと誘《いざな》った。

私は、言葉を失った。

通されたその部屋は、本棚で埋め尽くされていた。

正確には、本棚にぎっしりと詰まった古い文庫本で部屋が埋まっていた。ほとんどすべてが哲学の本だった。立命館か同志社に学んだ、京都学派の若き哲学者の、実にそれらしい部屋だった。

「この本、全部読んだんですか」

思わず、私は尋ねた。先生は、頷《うなず》いた。

「全部は読んでいないが、だいたいは目を通してある。なぜなら、俺が買った本だから」

道理であった。

「俺、野球部の副顧問になったから」

刺身をつまみながら、又野先生が言った。

「そうなんですか」

勧められるままにビールを飲み、そのあと日本酒を飲みながら、高校生の私は答えた。

「そうなんだ」先生は続けた。

「野球のルールはだいたいわかる。が、ボールを持ったことがない」

さすがにそれでは、ということで、翌日から倫理社会を教わる又野先生に、私が野球を教えることになった。

奇妙な連帯関係が、始まった。

「大工の棟梁《とうりよう》は偉い！」

これが、授業での第一声であった。

全員が、首を傾《かし》げた。私も、皆に倣った。

「なぜなら、大工の棟梁はダ、イ、ト、ウ、リ、ョ、ウだからである」

全員が、絶句した。いつ教科書を開くのだろうかと、さすがの私も不安になった。

しかし、母の言いつけを守って、その後も刺身を持っては下宿へ通っていくうちに、この青年教師の〝知〟が本物であることは、田舎の一高校生にも、じわじわとわかりはじめた。

本棚の中で、唯一、文庫本でなかったのは、カントの本であった。又野先生の専門だった。

「何から読めばいいですか」

まったく見当もつかないまま私が尋ねると、先生は本棚から一冊を抜いて、私に手渡した。『純粋理性批判』だった。

借りた手前、私は真面目にそれを読もうとしたが、一行目であっという間に躓《つまず》いた。

「まったくわかりません」

私は素直に、先生にそう言った。

先生は「いいんだ」と頷き、おごそかに、こう言い放った。

「それが、読書というものだ」

忘れがたいのは、ダイトウリョウから数えて、三回めの授業のことである。

一応、というか、倫理社会の授業であるからして、先生は哲学総論を私たちに講義していた。その三回めに、先生は、古代ギリシャ哲学の、コスモポリタニズムを取り上げたのだった。

全世界の、あらゆる民族は、我らが同胞である。

この思想は、私の心を奥底から強く揺さぶった。

口にも貌《かお》にも出さなかったが、この頃の私は、自分のアイデンティティーについての悩みを心に抱えていた。

在日二世として生まれたこと、育ってきたこと。これから生きていく世の中での困難のこと。

しかし、世界中の人民が、実はひとつの市民であるというイデオロギーに触れたことで、目から厚い厚い鱗《うろこ》が、剝がれて落ちたような思いがした。

道は、開けるかもしれない。

その夜、家に帰り、私は、覚えたての世界市民思想について、食事の席で熱っぽく語った。おそらく、語らずにはいられなかったのだと思う。

「コスモポリタニズムという考え方があるんです。これがあれば、大丈夫なんです」

「皆が飯食ってるときに、何を言ってるんだ、お前は！」

父親にはあっけなく一蹴されたが、この体験は、私にとって、まさに思想のコペルニクス的転回だった。

この人の話を、もっと聞かねばならない。

私の中で、何かが動き始めた。

又野郁雄先生　その二

暇乞いの日、
先生は「自己実現」と記した
野球のボールを、私に授けた。

その後も、わずかな練習休みの日を除いては相変わらず野球漬けの日々を送りながら、私は又野先生の下宿に通った。

我思う、故《ゆえ》に我在《あ》り。

人間は考える葦《あし》である。

ギリシャ、ローマ、中世ヨーロッパから現代へ。

ありとあらゆる哲学のエッセンスを、先生は一升瓶を傍らに、かいつまんで私に説いて聞かせた。

人は、何のために生きるか。

そんな壮大なテーマについて、教師が生徒に口づたえで教える。まるでスコーレの原形のような、実に贅沢《ぜいたく》な時間だった。

すべての学問は、人がよりよく生きるためにある。

それが、又野哲学の基本的な姿勢だった。

哲学も、科学も、文学も、生物学も、経済学も。地質学や家政学まで、およそ学問と呼ばれるものすべてがそうなのだと、私は酒屋の二階で教えられた。

本だらけの狭いその部屋が、私にとっての、真の学問への入り口だった。

家主の酒屋の主人が言ったとおり、先生は実によく呑んだ。

下宿先を決めた理由を尋ねたとき、「だってここは、壁一枚隔てた向こうに酒が山ほどあるんだからな」と冗談めかして言っていたが、さもありなんという呑み方だった。

調子に乗ってくると、「西山、町へ行こう」と高校生の私を誘った。倫理社会の教師が、である。

「どこか、知っている店はないか」

「いっぱいありますよ」

何せ、ダンスホールにキャバレーなど、我が家業にまつわる店は町じゅうにある。顔見知りの若い衆に冷やかされるのは仕方ないとして、現役の教師と現役の高校生が出かける先としては、今の感覚でいえばあまりにも不適切だろう。

だが、そういう時代だった。だった、ということにしておく。

しかし、そうした先生の気ままな独身暮らしも、長くは続かなかった。

あるとき、私は本棚の一隅《いちぐう》に、一枚の写真が飾ってあるのを見つけた。

先生と、うら若き女性が、ふたりで写っていた。

それだけなら、ほほぅ、と思うに留《とど》めるが、その写真には、明らかに女性の文字で、こう記してあった。

〈生きていくことは苦しいことだ。

それを乗り越えるのが、生きるということ。

負けるな、郁雄！〉

「何でもねえよ」

「先生、何ですかこれは」

そんなふうに目を背けた写真には、〈恭子〉というサインが刻まれていた。

のちに、先生とともにこの下宿で暮らしはじめる、恭子夫人の筆跡であった。下宿にやってきた若き恭子夫人は、歌人としてのセンスを備えた才女であった。

下宿のトイレには、そのときから、ある張り紙がみられるようになった。

見ると、〈人間として読んでおかねばならない本〉として、数々のタイトルがずらりと並んでいる。

ローマ帝国衰亡史。若きウェルテルの悩み。嵐が丘。二都物語。魔の山。先生専門の哲学書に加えて、歴史書や文学作品も多かった。

日本からは、方丈記、源氏物語、徒然草などの古典も選ばれていた。古今東西、数々の傑作は、おそらく夫人のチョイスだったのであろう。

才女であり、また、烈しい闘士でもあった。

時代はベトナム戦争の真っ最中、日本中に学生運動の嵐が巻き起こった頃である。又野先生もまた、そこに参加したひとりであったが、先生以上に熱き血潮をたぎらせていたのが、誰あろう、恭子夫人その人であった。たとえば、彼女はスーパーマーケットで買い物をしているときですら、そこに闘争の気配を感じると、従業員に「あなたたちが団結して経営者と闘うのよ！」とすかさず檄《げき》を飛ばしたという。

本物だったのである。

隣町の高校で戦争反対のバリケードが作られたという報《しら》せが届くと、我が母校にも緊張が走った。そういうことが起こってはならないと、学校側はいち早く予防線を張り、生徒や教員の挙動に目を光らせていた。

そんなときでも、私は相変わらず酒屋の二階で、修正資本主義や修正社会主義について、又野先生から濃密な講義を受けていた。

あるとき、原水爆反対デモに参加するため、長崎の反対運動の一団が私が暮らしている防府《ほうふ》を通るという話が伝わってきた。

そのときも、まず立ち上がったのは、女闘士である。

彼らが何月何日の何時にここを通るから、皆、合流すること、との報せが生徒たちに届いた。このとき、あの原水禁（原水爆禁止日本国民会議）の歌を、私は彼女から習ったような覚えがある。

彼女はまた、名うての負けず嫌いでもあった。

又野先生は、酔うと必ずといっていいほど、三波春夫の「チャンチキおけさ」を歌った。

門前の小僧よろしく、私も倣って唱和した。

大きな夢を盃に、そっと浮べてもらす溜息《ためいき》……という、哀愁漂う一節。

しかし、恭子夫人は、それを嫌った。

曰《いわ》く、「そんな負け犬の歌は、おやめなさい」。徹底していた。


下宿に通う生徒は、多くはなかった。

講義を受けるとき、私は、たいていひとりであったが、ときには上級生の三年生が、そして卒業した彼らが大学生になってから輪に加わることもあった。

あるとき、一級上で、東京の大学に通う小説家志望のひとりが、帰省中にやってきた。

いわゆる文学青年を見たのは、それが初めてだった。

「小説というものはね、こういうものを書こうと思い立っても、いざ一行目を書き始めたとたんに、まったく違ったものになったりするんだよなぁ」

そんな話を聞かされた私の当時の感想は、「何言ってんだ、こいつは」であった。文学の文の字も、まだ身の内に宿していない頃である。しかし、まさか、その私に現在のような将来が開けるとは、周囲も自分も思ってもみなかったのだから、人生とは、つくづく数奇なものである。

そうしているうちに、私も高校の最終学年を迎え、進路を決める時期が近づいた。当時の私のぼんやりとした思念は、大学へ進学して野球を続けることであった。その前には、芸術大学への進学を思ったこともあった。これは、取り憑《つ》かれたように絵を描いていた時代の名残であろう。

実際、高校でも私はよく絵を描いた。その頃描いた数点の油絵は、今も又野家にある。それを先生が生徒に見せると、画家志望のたいていの者が進路を変えたというのだから、結構な出来であったのかもしれない。

話が逸《そ》れたが、つまり、そのくらいの曖昧《あいまい》なヴィジョンしか、まだ持っていなかった。

進路を決めるにあたっては、当然、又野先生に相談をした。

先生は、自身のルーツである京都哲学を学ぶよう、私に勧めた。

しかし、進学先として京都を、いや、関西を選ぶという発想は、当時の私にはなかった。

姉たちが当時、すでに東京に進学しており、それに続くという気持ちもあったのかもしれない。そして、大学で野球を、という考えも、やはり頭から消し去りがたかった。先生も、それ以上に強くは言わなかったのだと思う。私は東京への進学を決めた。暇乞《いとまご》いの日、先生は「自己実現」と記した野球のボールを、私に授けた。自己を実現することが、すなわち、生きることである。野球で夢を叶《かな》えることもまた、ひとつの自己実現である、と。ボールとともにその言葉を受け取り、私は故郷を離れた。酒屋の二階のアカデミーでの個人教授は、これをもって一旦、終わった。しかし、この場所で育まれた、いささか時期外れの三《み》つ子《ご》の魂《たましい》は、意外なほど長く私の中に残り続け、時代を経て、さまざまな人生の浮沈を経験したのち、再び息を吹き返すことになった。

実に、三十年後のことである。

又野郁雄先生　その三

「忠来は、まだか」

少年易老學難成（少年老い易く　学成り難し）
一寸光陰不可輕（一寸の光陰　軽んず可《べ》からず）
未覺池塘春草夢（未だ覚めず池塘《ちとう》　春草の夢）
階前梧葉已秋聲（階前の梧葉《ごよう》　已《すで》に秋声）

朱熹《しゆき》「偶成」

大人と呼ばれる年代になって、外国へ行く回数が増えた。私の場合、行き先は、おもにヨーロッパ諸国であった。

曲がりなりにも、作家としての洋行である。当然、現地の文化人と交流する機会も多い。

そのとき、否応《いやおう》なしに痛感させられるのが、己の浅学《せんがく》ぶりである。

たとえば、ヘーゲルの話題が出たとする。

ヘーゲルによると、ヘーゲルの考えでは、ヘーゲルの著したところ……。

すらすらと繰り出される相手の知識に対し、こちらはそれに対抗する「溜《た》め」がない。

「それは、こういうことだろう」

そう、ずばりと言いきれないもどかしさが、身を苛《さいな》む。

そんなときにしばしば思い出されたのが、あの、知の詰まった又野先生の書斎であった。

先生とは、高校卒業後も、恭子夫人を介して書簡のやり取りを続けていた。

〈郁雄は今、こういう勉強をしています。あなたはどうですか〉

〈来月は、郁雄に書かせます。あなたも近況をお知らせください〉

そうして年月は過ぎ、先生は退職のときを迎えた。

いがぐり頭の高校生であった私も、気がつけば、自分が教わった頃の先生の年齢を軽々と越していた。

私が外国で知の危機を覚えていた頃、先生も、ある危機に瀕《ひん》していた。

ある年、病を得た先生は、何度か手術を受け、療養の日々を送っていた。

その体調いよいよ芳しからず、という噂を故郷から伝え聞いた私は、何かできることはないかと考えた。

「西山が帰ってきて、居てやるといい」

周囲の人々はそう言った。

しかし、執筆はどこでもできるとはいっても、東京を離れ、防府に居続けるということは、なかなか事情が許さない。

そこで思い立ったのが、個人教授であった。

五十にして、再び、先生に学ぶ。

それで、先生が幾ばくかの元気を取り戻してくださるのなら、これ以上のことはないように思えた。


もう一度、学ばせてください——。

その申し出を、先生は快く受けてくださった。


退職後も、先生は自宅で哲学の勉強会を開いておられた。

下は三十代から上は五十代まで、向学心を持った男女が集う。場所はもはや酒屋の二階ではないが、変わらぬ濃密な学問の香気が溢れていた。

さらに、時間をやりくりして月に一度かふた月に一度戻ってくる私のために、特別な講義をしてくださることになった。

私は、三十年ぶりに、ひとりの生徒に戻った。

先生はいつも和服を着て、居住まいを正し、私を待っておられた。

正座をして先生と向かい合い、一礼をして、講義が始まる。

再びのギリシャ哲学から、ヘーゲル、カント、そしてサルトルまで。教科書となるのは、毎回、先生が手ずから作られた、私のためのテキストである。ときにはラテン語の原文などを交えたその文書を予習し、一対一の授業に臨んだ。

その様子を、恭子夫人はのちに地元紙のコラムに、こう綴っている。

〈二人の学習は楽しげであった。そのくせ凛《りん》とした空気が流れていて、私はお茶を出しながら、言葉を挟むことをはばかった。ここまで生き抜いた二人の男。己を信じ、おのれの力をたよりに闘い、燃え、道を開き続け、ここまで辿りついた二人。それ故にこそ、知った己の弱さや、哀《かな》しさ、みじめさ。その罪さえも内に沈めてここに向き合っている。そうして、遠世の世界の賢者達が、苦しみ、足掻《あが》き摑《つか》み得た「真理」の前に、頭《こうべ》を垂れて、素直に学んでいる〉

（ほうふ日報連載「又野塾哲学史ノート　もう一度　お互い　生徒に戻って——忠来と郁雄——」より）

下宿に通った日々、私がしていたことといえば先生の酒の相手と昼寝ばかりであったことを思えば、三十年の年月を経たとはいえ、私がこのように対等に学問をする相手としてふさわしくあったかどうか。

甚《はなは》だ疑問ではあるが、うれしい記述であった。

そして、講義ではあったが、あれは、講義ではなかった。

私に教えるというより、私とともに、再び学ぼうとする態度。

それが、又野先生の姿勢だった。

齢《よわい》六十を越した人が、一学徒として、後進とともに学問に向き合う。

そうしたことを、素直にやり、また喜べるのが、又野郁雄という人物であった。


忠来は、まだか。


私が訪れる日、先生はそう言って、何度も、玄関のほうを見やっておられたという。ときには私の訪問に合わせて、治療の日程を調整することすらあったと、のちに聞かされた。

訪問のたび、先生はひととき、往年の生気を取り戻してくださったように見えた。

あのときの様子を写真に撮り、残しておこうと思っていたのだが、果たせずに終わったことが、今も悔やまれる。

講義が二年ほど続いたのち、先生はついに身罷《みまか》られた。

二〇〇七年の春のことだった。

この、又野先生との一連のやり取りを、私はかつて長篇小説に仕立てたことがある。完結はさせたものの、いまだ刊行には至っていないこの一篇を読み返すと、五十にして学んだあの日々の、さまざまな思いが蘇《よみがえ》る。

すべての学問は、人がよりよく生きるためにある。

又野先生は自らの哲学を信じ、終生、人とともに学ぶことを貫かれた。見事な教師だった。

そして、ひとりの学究の徒として、まことに見事な生涯であった。

あの作品は、日の目を見ることがあるだろうか。

あるとしたら、それはいつか。

故郷を出るとき、先生が手渡したボールに書かれた「自己実現」が、ついに私の中で成ったときだろうか。

それはまだ、わからない。

しかし、まだまだ学ばねばならないことがあるということだけは、確かにわかる。

わかった以上は、学び続けるしかない。

せめて、あの見事な教師の教え子として見合うだけの生徒であれたら――と思うのである。

5　マー坊先生

突然訪れた
永遠の別れによって、
私は、はからずも
自分の幼年期と
決別することになった。

「どうしたら、そんなにモテるんですか?」などと、訊かれることがある。しかし、私には、いわゆる「モテた」記憶などは一切ない。本当にない。私にあったのは、ただ、出会いだけだ。相手が男でも女でも、誰かと出会って、関係が始まる。そのことがただ、積み重なっていくだけなのである。

しかし、その関係も、永遠に続くものではない。相手が誰でも、いつかは別れが訪れる。そして、その別れのときは、私の場合、自分から切り出すのではなく、必ず向こうからやってくるものと決まっているようだ。

などと記すと、ずいぶん艶《つや》っぽく聞こえるかもしれない。しかし、唐突にやってくる別れに、これまで人一倍、つらい思いをさせられてきた。

とくに、若い時代に経験した別れ、そして、まだ若い年齢の人との別れは、一瞬一瞬が忘れがたく、記憶として焼きついている。彼らはそれぞれ若い日々を駆け抜け、私に大切な何かを遺《のこ》して、去っていった。そんな幾人かが、今も胸のなかに居る。

マー坊、と呼ばれていた少年がいた。

私の弟、西山昌来《まさき》である。

四つ年下の彼は、素直で純粋、穏和な性格で、両親からも、家に出入りする人々からも、ことのほか愛されて育った。長じて学校に通うようになってからも、やはり周囲の友人たちから、それなりの人望を集めていたようである。そのことを、私は、のちに、ある出来事によって知ることになる。

マー坊は、当然、きょうだいの中でも人気者だった。

とくに姉たちは、その端整な顔立ちと穏やかな気性もあってか、同じ弟でありながら、やんちゃな私よりも断然、彼を可愛《かわい》がった。

あるとき、私は、ドジョウ獲《と》りに熱中していた。学校の帰り、下着姿になって、田んぼに入り、ヌルヌル滑るドジョウと泥まみれになって格闘していたとき、ちょうど姉たちが学友と近くを通りかかった。

「弟さんじゃないの？」

友人にそう指摘された姉たちは、田んぼの中の私に冷たい一瞥をくれたのち、こう言い放った。

「あれは、使用人の子」

マー坊は、おそらくそんな経験をしたことはなかっただろう。

だから、なのだろうか。周囲の者、とくに女たちが、自分を好きになったり、愛したりすることなどありえない。この頃から何となく、私はそんなふうに思うようになった。

それでも、弟を憎むことはなかった。マー坊の純粋さを、やはり私も愛したのだ。その無垢《むく》な弟に、兄としての私は、余計なことしか教えなかった。

あるとき、兄という男の先輩として、私は、いわゆる「自分で気持ちよくなる方法」を、年端もゆかぬ弟に教えた。

先輩からの教えを、弟は男として、至極《しごく》真面目に実践したのであろう。実践した挙句、局部がすり切れ、血まみれになった。経緯は母の知るところとなり、母は私を捕まえ、こっぴどく叱責した。

そのほかにも、興味本位で、まだ小学生の弟を、近くにあった遊郭に連れていこうとしたこともあった。

まったく、ひどい兄もあったものである。しかし、弟はそんな仕打ちを受けたにも拘《かか》わらず、私のように不良の快楽には染まらず、まっすぐに成長した。

私と違い、野球ではなくサッカーを選んだ彼は、高校二年のときにはすでに私より身体《からだ》が大きく、また、中国五県の代表選手に選ばれるほどの才能をみせていた。そのまぶしいほどの明るさは、一家を照らす光でもあった。

大学生になった私は、家族、ことに父親と時折激しく対立し、衝突するようになった。そうして、決定的なときを迎えた。

家業を継がない、と宣言した私は、父と大喧嘩をしたのだ。摑み合いの末、出ていけ、と父は私に怒鳴った。私は、そのまま家を出た。そのあたりの経緯は、小説『岬へ』をはじめ何度か書いてきたが、その場に立ち会ったひとりが、マー坊、つまり高校生の弟だった。


兄貴には、小さい頃から、ずいぶん助けてもらった。

だから、好きな道に進むといい。

その代わり、自分が家に残ろう。

そして、父の望むとおり、医者になろう。


このとき、弟は、密《ひそ》かにそう決意したらしい。「密かに」というのは、私はこの決意を、弟から直接聞かされたわけではないからである。知ったのは、弟の日記の文面からだった。


その直後、高校二年の夏に死んだ、彼の遺品である。

ボートで海に出た弟が、帰ってこない。そう知らされて、私は、二度と帰らないはずの実家の敷居をまたいだ。折悪《おりあ》しく、沖合に居座った台風のせいで、海は荒れ狂っていた。

父も母も、私も、誰もどうすることもできなかった。ただ、嵐が過ぎ、海が平静を取り戻すのを待った。そして、弟が安全などこかに身を隠しているのを信じるしかなかった。

数日後、嵐は去った。

海岸には、町の人、家の使用人たちに加えて、弟の同級生たちが大勢集まり、懸命に捜索を手伝った。弟がこれほど多くの人に愛される存在であったことを、私はあらためて知らされた。

しかし、生きては帰らなかった。弟の遺体が発見されるのには、それからさらに数日を要した。海から上がった身体に取りすがり、母は泣いた。

丈夫な子ですから、生き返らせてくださいと、医師に懇願し、さらに泣いた。

父も泣いた。人前で決して涙を見せることのない男が、このときばかりは堪《こら》えきれなかったのだろう。通夜の夜、静かに忍び泣いた姿を、今も覚えている。

あれは、自殺だったのではないか。そんな疑念を、私は一瞬で否定した。

マー坊が、自ら死を選ぶわけがない。弟の部屋には、彼が愛読していた数々の冒険小説や、ノンフィクションの書籍があった。

『太平洋ひとりぼっち』に、『コンチキ号漂流記』。彼は冒険家に憧れており、あの日の以前にも、川に樽を浮かべて樽ごとひっくり返ったりしていた、という話を、家のお手伝いから聞かされた。

尊敬していたという、シュヴァイツァーの本もあった。医師であり、アフリカにも赴いた彼の生き方に、きっと弟は共鳴し、自分の将来に夢を膨らませていたのであろう。そうして、遺品の中に、私は彼の日記を発見した。

恋をしたことがあったのかしら。

彼を可愛がっていた姉たちのそんな囁《ささや》きには、私は「もう、どうでもいいだろう」と当初、取り合わなかった。

しかし、日記の記述で、かつて私が連れ込もうとした遊郭で、弟がすでに筆下ろしを済ませていたことを、私は知った。どちらかといえば奥手にみえた彼が「すべてが空《むな》しかった」と書きつけたその体験は、はたしてどんなものだったのか。

私と父との確執への思いを含め、彼の声を聞き、確かめることはもうできない。私は、埋められることのない白いページを、ただ眺めていた。

彼がいなくなり、家は急速に光を失った。あれほど家名と家業の存続を唱えた両親の熱意も、徐々に衰えていった。

嵐とともに、ひとつの命が消え、ひとつの時代が去った。生家にとっても、また、私自身にとっても、それは同じであった。

突然訪れた弟との永遠の別れによって、私は、はからずも自分の幼年期と決別することになった。思えば、そうした契機を、彼が与えてくれたのかもしれない。そうして私は、大人としての真の人生——長い長い流浪の旅への、一歩を踏み出すことになる。

つくづく不良の兄だった、と頭を垂れるほかない。

「世のなか」の先生

6
島崎保彦先生

愛すべき理不尽からこそ、人は多くを学ぶ。

大学を卒業したのち、短期間ではあるが、勤め人をしていたことがある。

もっとも、自分で望んでのことではなかった。学生のとき、家業を継がないと宣言して父親に勘当された私は、漠然と「アメリカに行こう」と考え、その旅費を貯《た》めるために横浜港で荷役に従事していた。

しかし、それを知った母に「とにかく、就職だけはきちんとして頂戴《ちょうだい》」と泣きつかれ、仕方なく書店に行った。そして、就職に役立つ本がないかと棚を探っていたところ、偶然、あるベンチャービジネスの社長の著書が目に留まった。

それは、当時新進の広告制作会社だったシマ・クリエイティブハウスを率いていた、島崎保彦《しまざきやすひこ》氏の本だった。

経営だけでなくコピーライティングまで自ら手がける才人の社長が、斬新な発想と大胆な手腕で大手代理店に立ち向かっていく内容で、これはなかなか面白そうだと思った私は、いきなりその会社の門を叩いた。

「何ですか」受付から取り次がれた総務部長が、不愉快そうに尋ねた。

「就職をしたいんです」

「来年、試験を受けてください」

「いや、今すぐ働きたくて」

就職や就職活動といったことにまったく知恵が回らなかった、若者ならではの暴挙である。あとで聞けば、その会社は、二千人から三千人の学生が応募してわずか数人しか採用されないという狭き門であった。

「話にならん。君は無知すぎる」

「そこを何とか」

受付で押し問答をしていると、そこにひとりの、身なりのいい紳士が通りかかった。島崎社長本人だった。

「君、体が大きいけど、何かやっていたの？」総務部長から事情を聞いた島崎氏は、私を眺め、尋ねた。

「はい。大学で野球を」

「ポジションは」

「ピッチャーでしたが、ほかもだいたいできます」

「ほう。実は今週末、絶対に負けられない試合があってだな」

島崎社長は総務部長に「こいつを試合まで、見習いで置いておけ」と指示し、その場を去った。飛び込みで訪問した会社がライバル会社との草野球対決を控えていたという巡り合わせが、私に味方した。

加勢した試合は、めでたく大勝。かくして私は、規格外の新入社員として社の末席につくことになった。

しかし、入ってみれば、そこは大変な会社であった。

一代で会社を興した島崎社長は、絵に描いたようなワンマン社長で、とにかく自身の勘と感覚でものごとのすべてを決定していた。だから私が入社できたともいえる。

最初に所属したのは、いわゆる営業部だったが、その会社では営業マンは営業だけをしていればいいわけではなく、クリエイティブのセンスも問われた。

実際、社長自身も、経営者でありながら一級のコピーライターでもあった。ある年代より上の人には懐かしい、ハナマルキの味噌《みそ》の「お母さーん！」というコマーシャルのコピー、そして現在も使われている伊藤園の「お〜いお茶」のネーミングは、実は島崎社長の作である。

ある会議で、課長が、キレのよくない自作のコピーを提出した。その出来に納得できない社長は、大声で叫ぶ。

「何だこのコピーは！　それにそのネクタイの趣味！　だからお前の仕事はダメなんだ！」

ちなみに、社長は大変な伊達者《だてしゃ》で、着ているもののセンスも抜群だった。

社員の出社時間は、毎朝午前七時。そんなに早く出社して何をするかというと、まず、執務室を隅々まで全員で掃除するのである。

それが終わると、今度は社用車と、社長の車――泣く子も黙る高級車、アストンマーティンにワックスがけをする。このワックスがけがクセモノで、下手にやると、社長に叱責されるだけでなく、降格されたりすることがあるのだから、まったく気が抜けない。

休日に、三浦半島の港に係留された社長のクルーザーを磨きに行くのも、社員の務めだった。もちろん、休日出勤手当など出るはずもない。問答無用である。

また、礼儀作法には、とくに厳しかった。電話の応対、メモの書き方、提出書類の書式、不備があればすぐに社長の叱責が飛ぶ。

社員教育は徹底していて、ときにはマナー講習の名目で、フランス料理のディナーを食べさせられることがあった。もちろん、スプーンを皿の底にぶつけたり、音を立ててスープを啜《すす》ったりしようものならば、大目玉である。

ほかにも、車で座るときの位置、料亭での席の取り方、部屋の入り方、ドアの閉め方、礼の一挙手一投足まで、すべてに社長の目が光っていた。

社内では「ボス」と呼ばれていた島崎社長の掛け声は、「全員集合！」。これがかかると、電話応対をしていようが、打ち合わせ中であろうが、とにかくオフィス中の全員がボスの前に集まらなくてはならない。

今なら三十分おきにパワハラで訴えられるに違いない、絶対専制君主、それが島崎社長であった。

そんな中で、この私がどうやって生きていたかって？

もちろん、ダメ社員中のダメ社員だった。

上司の方針には逆らうわ、自社の案を提案しておきながらクライアントの前でダメ出しをするわ、気に食わない先輩社員とやりあうわ……。社内で何か謀反《むほん》が起こるとき、その中心にいるのは、いつも私だった。

何よりいけなかったのが、寝坊ぐせであった。

前日深酒をすると、必ず朝、遅刻する。訪問した先で居眠りをする。所属した部署からは次々と「趙《ちょう》（当時はその名字で仕事をしていた）、君はもう要りません」とお払い箱にされた。絵に描いたような厄介者だった。

しかし、嘘はつかなかった。

私はごく正直に意見を言い、正直に仕事をし、己の体調に正直だった。部署やチームの方針に反対する理由を説明すると、社長は、理にかなっていると判断すれば「それは確かにその通りだな」と、あっさり理解を示してくれた。そういう公正さをも併せ持った人だった。

私にクリエイティブのチャンスを与えてくれたのも、島崎社長だった。本当はほかに引き取り手がなくてクリエイティブルームに入れられたのかもしれないが、とにかく、そこで私は結果を出した。

日本かつお・まぐろ漁業協同組合がスポンサーのラジオCM用に書いたコピー「何かいいことあった日は、まぐろにしますか、かつおにしますか」は、中でもヒットした一作である。この仕事などの働きぶりで、問題児でありながら入社二年目に社内でマン・オブ・ザ・イヤーの表彰を受けた。表彰はさておき、書くことの面白さと手応えを知ったのは大きかった。

島崎社長の振舞いには、確かに理不尽な点が多かった。

しかし、社長はあえてそう振舞っていたのではないかという気も、今ならばするのである。

社長は常々、社員たちにこんなことを言っていた。

「いいか、お前たちはただの馬の骨だ。どこにでもいる、何でもないヤツだ。一流大学をトップで出たわけでもないし、名家の出身で家柄だけで人が寄ってくるわけでもない。取り立てて才能のないお前たちがそういうことで出世していく人間たちに対抗して、その中で抜きん出ようと思ったら、三十五歳までは土日も祝日もなく働け。休むな。そうすれば、五十になる頃には、少しはまともな仕事ができる人間になっているはずだ」

とにかく人の倍も、三倍も、五倍も働け——それが、実際に人の何倍も働いてきた、稀代《きたい》のワンマン社長の教えのすべてだった。

社会に出た、その出鼻のところでお前はゼロだと叩かれることは、今の世なら敬遠されることかもしれない。しかし、若いうちに受ける理不尽は金を払ってでも経験しておくべきだというのが、私の意見である。

自分には何もないということを自覚すれば、人は、何かを身につけようという欲と力を出せる。そうして、人の何倍も働くことで、ほかの人が気づかずに見過ごしてしまう、ものの本質に気づくことができる。私はそう信じて、島崎社長の教えを、三十五を過ぎても守ってきた。

会社には三年ほどしか在籍しなかったが、ここで教わった礼儀作法や働き方のすべてが、私の今を土台として支えているのだと思う。苦しくも、ありがたいことであった。

先日、ある講演会の席で、島崎社長に会う機会があった。数えてみればなんと、四十五年ぶりであった。

齢《よわい》八十を越えた島崎社長だが、今も現役で、ますますもって血気盛ん。不肖《ふしょう》のもと社員の手をガッシリと握り、「君は我が社から出た人材の中で、トップクラスだ」と言ってくださった。成果を重視し、細かいことにこだわらないのも、いかにも社長らしい。

講演で、私はもちろん島崎社長の話をした。

「こんな理不尽な人間が世の中にいるものだろうか？　と思いましたね」

社長は笑っていた。愛すべき理不尽からこそ、人は多くを学ぶのである。

7　細貝修先生

「ひと晩に
十曲は書いてください。
阿久悠さんは平気で書きます」

ゴルフ場に行くと、ときどき、キャディーさんにこんなことを訊《たず》ねられる。

「あの、さっきから『先生』って呼ばれていらっしゃいますけど、いったい何の先生なんですか?」

「ああ、僕ね、小説を書いているんですよ」

「へぇー」

それから少し、作品の名前や、もらった文学賞の名前などを出してみる。が、だいたい反応はこんな程度である。

しかし、次の話をすると、相手の態度は一変する。

「それとね、僕、作詞もしていて……。マッチの『ギンギラギンにさりげなく』って、知ってる?」

エーッ! ウソーッ! スゴーイ!

表情も声色も、ものすごい変わりようなのである。まったく、流行歌の知名度と浸透度の前には、文学も形無しである。

ご存じの方もおられるかと思うが、私は一時期、作詞家の看板を掲げていたことがある。

「伊達歩《だてあゆみ》」。それが、当時の私の名であった。男のような、女のような、その名の由来は、あとで述べる。

きっかけを作ったのは、ひとりの来訪者だった。

一九七〇年代の終わり、ＣＭディレクターをしていた私は、故《ゆえ》あって都心にほど近い保養地でホテル暮らしをしていた。

のちに小説の舞台となる、逗子《ずし》海岸の「なぎさホテル」である。

そこにある日、男が訪ねてきた。未知の男であった。

どこかで私の書いたものを読んだという彼は、いきなり「作詞をやらないか」と言うのである。

「そんな暇はありません」

私は、即座に断った。その日は、それで別れた。

しかし、男は、断っても断っても、二度、三度とやってきては、同じことを頼んだ。

とある作詞家のマネージャーをしているが、今度独立するので、書ける作詞家を探しているとのことだった。

熱心なやつだな、と思ったが、書く気は起こらず、いつもホテルで別れていた。

しかし、こう度重なると、さすがに申し訳ない気もしてきたので、とりあえず何かご馳走《ちそう》して諦めてもらおうと思い、懇意にしている鎌倉の寿司屋《すしや》に連れていった。

「書きませんか」

寿司屋でも、彼はまだそう言った。

「あなたね、私がなぜ作詞をやらないかというとだね、今、借金を返すので大変なんですよ」

私は、正直に言った。実際、そうだったのである。

「お幾らくらいあるんですか」

そう切り込んできたので、私はすかさず訊ね返した。

「貸してくれるんですか」

「いや、私はこれから事務所を開く身ですから。でも、幾らなんでしょう」

「五千万くらいかなぁ」

事実だった。すると、彼は身を乗り出し、こう言った。

「伊集院さん。作詞をすると、ですね。そのくらいの金額なら、二、三か月で返済できる……」

「できるの?」

私も、身を乗り出した。

「できる……方もおられます」

その男、細貝修《ほそがいおさむ》は、あの阿久悠《あくゆう》さんのマネージメントを長年、担当していた人物だったのである。阿久悠さんならば、それはそれは、そうであろう。

「あなたね」

「はい」

「それを、先に言いなさいよ」


かくして、私は、作詞家として世に出ることとなった。

歌詞を書くのは、もちろん、はじめてだった。

細貝氏に連れられて、レコード会社の制作責任者に引き合わせられた私には、さっそく「やらせてみよう」と、ひとつの曲が与えられた。

それがいきなり、時代の寵児《ちょうじ》、ピンク・レディーの『DO　YOUR　BEST』であった。冷戦まっただなかの一九八〇年に開催され、のちに日本が参加中止を表明したモスクワオリンピックの、幻の応援ソングである。

細貝氏は、とにかく仕事をたくさん持ってきた。

何しろ、当時は無名の新人であるからして、プレゼンにもたくさん参加しなければならない。

「いいですか、ひと晩に十曲は書いてください」

細貝氏の言いつけに、さすがに私も声を上げた。

「そんな」

「阿久さんは平気で書きます。だったら、あなたはその倍は書かないと、とてもじゃありませんが、追いつけません。依頼がなくても書いておくんです。そのくらいのことはしなくてはなりません」

無茶苦茶な言いぶりであるが、とにかく、それに応えて書いた。

岩崎宏美。沢田研二。夏木マリ。榊原郁恵。中森明菜《あきな》。須藤薫《かおる》、ブレッド&バターには、暮らしていた逗子からインスピレーションを得て、湘南ふうの詞をつけた。

アイドルソングからポップスまで、書きに書いたのである。


そうしているうちに巡り合ったのが、アイドルとして時代の頂点に上り詰めようとしていた、マッチこと、近藤真彦《まさひこ》君であった。

デビュー曲『スニーカーぶる〜す』（八〇年）のB面に収録された『ホンモク・ラット』が、タッグを組んだ最初の作品である。

「新人賞が獲れる作品を」と依頼されたのが、四枚めのシングル曲『ギンギラギンにさりげなく』（八一年）だったのだが、これは当時、なかなか物議を醸した。

何しろ、〈ギンギラギン〉に〈さりげなく〉である。

何だこの詞は、と当時、業界は騒然となった。永六輔《えいろくすけ》さん、星野哲郎さんといった大御所までが、「伊達歩って何者?」「面白いじゃないか」といった評を寄せてくださった。そして、曲は狙い通り、その年の日本レコード大賞において最優秀新人賞を獲得した。

さて、ペンネームの「伊達歩」だが、これは私の自作である。

かねてから「人に覚えられる名前とは何ぞや?」と考えていて、ふとあるとき、私はひとつの法則を発見した。

加賀まりこ。長州力《ちょうしゅうりき》。

彼らの名前に共通するものが何か、おわかりだろうか。

それは「藩名」である。加賀に長州。実に覚えやすい。

そこで、まだ使われていない北の大藩、伊達《だて》の名を、私は拝借することにした。下の名前は、男名でも女名でも通る「歩」とした。これは、男性歌手の曲も女性歌手の曲も引き受けられますよ、というアピールのためである。

「伊達男の伊達ですか?」

そう訊かれたが、実は、こんなからくりがあったのである。

まさか後年、伊達藩の御典医《ごてんい》の家の娘を嫁にもらい、名君・伊達政宗が築いた都に暮らすことになるとは、思いもよらなかったが……。

ることになる。
その後も、近藤君との縁は続き、アルバム収録曲を含めて三十数曲ぶんの詞を提供す
そうして、書き始めてから十年目、彼が新人賞を受賞してから六年目に書いた『愚か者』（八七年）は、ついにレコード大賞に輝く。ひとりの男が、少年から青年へ、そして大人の男へと脱皮していく、その過程に詞を作って寄り添えたことは、光栄なことであった。

そうして、本格的に文学に邁進《まいしん》するため、私は作詞を止めた。

未練はなかった。書ききった、という実感があったからだ。

とにかく、たくさん書くこと。

これは、その後、文章を書いていくうえでも、実によい修業となった。たくさんの仕事とともに、その示唆を与えてくれた細貝氏は、思えば厳しくもよき師であった。

当初の動機であった借金も、ほとんど返すことができた。そして、作詞家として活動したことは、大きな〝おまけ〟も、私にもたらしてくれた。

それは何かって？

もちろん、ゴルフ場で、キャディーさんとの会話に詰まったときに、こう言えること

である。

「あのね、僕は、マッチの『ギンギラギンにさりげなく』を書いたんだよ……」

8　「先生」なき独走時代

人が持っている運を、
開く方向に導いてやるのが
演出家の仕事。

作詞家として活動しながら、同時期に私が携わっていたのが、舞台演出の仕事であった。

おもにライブコンサートを手がけていたが、名前がそう表に出る仕事ではないので、ご存じない方も多いだろう。演出をやることになったのも、作詞のときと同様、やはり突然、依頼者が私のもとを訪れたのが端緒だった。

訪ねてきたのは、松任谷《まつとうや》由実さん、正隆さん。あの天下の〝ユーミン〟夫妻が、いきなり、コンサートの演出を頼みたいと、私を訪ねてきたのである。

いきなり大物がやってくる、というのは、私の仕事における、ひとつの傾向と言っていいのかもしれない。

ときは一九七〇年代末。天才少女として十代から頭角を現し、活躍していたユーミンは二十代半ば、一流アーティストとしての地位を着々と築きつつあった。

その頃の彼女には、楽曲に込めた自分のイメージをヴィジュアル化したい、という願望があった。それをぜひともステージで実現したいということで、ＣＭディレクターをしていた私のところに話が来たというわけだった。

当時のコンサートの演出というのは、テレビ局のスタッフがアルバイトでやったり、ミュージシャンが自分で手がけるというかたちが多かった。

しかし、別の仕事の、または創作活動の傍らにということになると、どうしても実現できる範囲は狭くなる。実際、ユーミンほどの大スターであっても、コンサートには空席ができることも少なくなかったという。


「ステージを作ることは、できますか」

ふたりは、そう尋ねた。

「CMを作るようにだったら、できますよ」

私は答えた。

音楽の世界を、ヴィジュアルで表現する。未経験で、かつ難しい課題ではあったが、大きな、やりがいのある仕事である。

そこで私は、演出という仕事を、仕組みから大きく変えることにした。

まずはステージのトーンから構成、流れまでを、一枚一枚、絵に描いて起こした。いわゆる「絵コンテ」を作ったのである。

これで全体のイメージを作ると、次はスタッフィングである。第一線で活躍しているスタイリストや舞台美術家といった、衣装、美術の専門家を集めて、ユーミン本人、そしてバンドのメンバーの衣装を刷新し、アルバムから広がるヴィジュアルの世界を構築していった。

一方で、ミュージシャンの聖域である、バンド編成にもテコ入れを図った。具体的にどうしたかというと、メンバーに「踊れ」と命じたのである。

これには、予想していた通り、大きな反発があった。しかし私は動じず、「踊れないメンバーは、外す」とまで宣言した。

音楽の世界観を視覚的に表現するためには、ミュージシャン自身も加わらなければ話にならない。方針は、絶対に曲げる気はなかった。

仕事を受けた当初から「すべて私の指示に従い、逆らわないこと」と取り決めをしていたので、松任谷夫妻も、私の意見を常に支持してくれた。

照明、音響、その他のスタッフを加えると、新編成は、合計で百名近くにもなっただろうか。まったく新しいチームが、そこに誕生した。

チームが新しくなったなら、あとは、アイディアをかたちにしていくだけである。

最初の仕事は、アルバム『ＯＬＩＶＥ』（七九年）を引っさげての全国ツアー。私は綿密な絵コンテと脚本を書き、それに沿ってスタッフを動かした。

アーティスト本人だけでなく、全員の意識をどのくらい高められるかが、ステージの成否を左右する。リハーサルには、通常のコンサートの十倍以上の時間を費やした。それはもはやコンサートの枠を超えた、まだ誰も見たことのない画期的なクリエーションだった。

そして、そのメイン公演ともいえる、東京・中野サンプラザでのステージに、私はある〝大仕掛け〟を投入し、勝負に出た。

ゾウを登場させたのである。

ゾウといっても、仏像とか銅像とかではなく、生きた象である。

これは予想通り、たいへんな評判を呼んだ。「今度のユーミンのステージはすごい」と、あちこちで話題になった。さすがに大きいだけあって象の威力は絶大だったが、ステージをトータルに観たときの完成度も、かなりのものだったのだろうと自負している。

舞台演出家としての私の最初のプロジェクトは、こうして大きな成功を収めた。

伊集院静は、業界ではちょっと知られる存在となったのである。

松任谷夫妻と私のコラボレーションは、ステージからアルバム作りまで含めて、それからしばらく続いた。

アルバム『時のないホテル』（八〇年）では、ユーミンの「スパイの出てきそうな場所で」との発案を受けて、イギリスの名門ホテル・ブラウンズホテルでのロケを敢行し、ミステリアスなジャケットを作り上げた。

水とアジアをモチーフに作られたアルバム『水の中のＡＳＩＡ《アジア》へ』（八一年）のツアーの際は、実際にステージ全面に水を張り、コンセプトを表現した。とにかく、アイディアはすべてかたちにし、やれることは全力投球で、すべてやりきった。

ステージに対する私の考え方は、「打ち上げ花火」である。ぱっと上がって花開き、その日、その場所、その一瞬のうちにあっけなく消えてしまうものに、惜しみなく金と労力を注ぎ込む。そのはかなさ、美しさを堪能《たんのう》し、客にも堪能させること。それが、私のステージ作りであった。

ステージが終わると、打ち上げに繰り出そうとはしゃぐスタッフたちをよそに、私はひとりでさっさとその場を離れた。これだけ大勢の中にあっても相変わらず、つるむことは好きになれなかった。

私はひとりで飲みに出かけた。終演後の、瞼《まぶた》に残る花火の鮮やかさを、ひとり思い出しながら、酒とともに味わうのが好きだった。

演出について、私にインスピレーションを与えてくれたのは、二、三の海外ミュージシャンの公演のビデオテープくらいで、誰かに師事することも、指導を受けることもなかった。

この頃は、私にとっては「先生不在」の時代であった。私はただ、自分の思うままを、そのまま真っ白な世界に、力いっぱい描いていった。

唯一、私を動かしたものがあるとすれば、それは依頼をしてくれたアーティストたちの〝思い〟であったのかもしれない。

自分のイメージをヴィジュアルで伝えたいというユーミンの思いが強くあったからこそ、それに共鳴した私が、いくばくかの才を発揮することができ、それが多くの人たちの心を動かしたのではないか。

人が持っている運を、開く方向に導いてやるのが演出家の仕事。運を摑むのは、結局は松任谷由実というアーティスト個人であって、そのための環境と時間を与えるのが私の役割だった。ヒットを生む、ということは、そういう、可能性を秘めた人同士の、化学反応によるものなのだろうと私は思う。

思わぬ展開ではあったが、数年間、充実した時間を過ごすことができたのは幸いだった。

成功を収めれば、依頼は次々と、降るように舞い込む。これも、作詞業と同じであった。

松田聖子さん。薬師丸ひろ子さん。和田アキ子さん。それぞれのステージや、いくつかのファッションショーを、その後、手がけることになった。

しかし、私はこの仕事を、八五年を最後にきっぱりと止めた。

小説を書くことに専心するという、作詞を止めたときの事情とは異なり、これは私の、いや、私の大切な人の身に降りかかった、ある災いによるものだった。

9　いねむり先生　その一

パジャマ姿の先生は
気をつけの姿勢のまま、
こう言った。
「今から書こうと
思っていたところです！」

長く作家をしていると、外で「先生」と呼ばれることが多々ある。

はたして自分は「先生」なのか？　と、そのたびに思う。

先生とは、誰かの先に立ち、その者をあるべき場所へ、進むべき道へと導く立場の人間を言うのである。

自分がそれにふさわしい働きをしてきたかは疑問が残るが、少なくとも、作家としての「先生」が、私にはいる。

純文学作家・色川武大《いろかわたけひろ》にして、雀聖《じゃんせい》と呼ばれた無頼派作家・阿佐田哲也《あさだてつや》である。

未読の方のために申し上げておくと、拙著『いねむり先生』は、妻を喪《うしな》い、生きる目的を見失った青年・サブローが、奇妙な病を患う小説家の「先生」と巡り会い、彼とともに〝旅打ち〟と呼ばれる博打《ばくち》の日々を送る中で、絶望の淵《ふち》から再生し、人生を取り戻していくという物語である。

何度か映像化もされたので、そちらでご記憶の方もいるかもしれない。

申し述べるまでもなく、サブローは私自身であり、先生は色川武大、そしてまた、阿佐田哲也その人である。

先生と出会った頃、私はサブローと同じ境遇にあった。妻の死から立ち直れず、酒に溺《おぼ》れ、何の希望も見いだせないまま、ただただ自堕落な日々を送っていた。まさに人生の暗黒期であった。

そんなとき、私の前に現れた「先生」。

しかし、それはいったいどちらの「先生」だったのだろうか。

振り返ってみるに、私はやはり、まず阿佐田哲也に出会ったのだと思う。


「ギャンブルの神様に会ったことがあるか？」

そう言って、漫画家・黒鉄《くろがね》ヒロシ氏がある酒場で引き合わせてくれたのが、初対面だった。

先生自身は、「イロカワタケヒロといいます」と名乗られた。

実際、彼を訪ねて来る編集者や作家たちは、「色川先生」と言っていたし、酒場の周囲の人間たちも皆、先生を「色さん」と呼んでいた。

傑作『怪しい来客簿』で、直木賞を取った『離婚』で、作家・色川武大は、そのときすでに文壇で名を成した人物であった。

しかし、先に述べた事情で混乱の最中《さなか》にあった私にとっては、純文学作家より麻雀打ちの娯楽作家のほうが、ずっと身近だった。

先生を「阿佐田さん」と呼ぶのは、同じく麻雀打ちか、あるいは、裏社会に通じた人間たちだった。私もまた、それに連なる者のひとりだったということだ。

そんなこんなで、物語のように、私は先生と旅をすることになった。

旅の途中で実際に目にし、体験したことは、ほとんど小説の中に書いた。

たとえば、先生の風呂嫌いは本当だった。泊まり先が温泉宿であっても、先生は風呂に入ろうとしなかった。

二日、三日と経《た》って、さすがに臭ってくるようになると、「先生、せっかく温泉にいるんですから……」と私が促す。

「臭う？」

「臭うから、言っているんです」

それでも先生は、「まず、食事をしようよ」と言う。そして、酒を飲む。酔うと臭いがわからなくなるから、またタイミングを逸してしまう。その繰り返しであった。

また、先生は本当によく食べた。

というか、その食い意地の張りようは、やや異常ともいえるものであった。

つい、たくさん頼みすぎてしまう。たとえば、中華料理店に入れば、サンマーメンとチャーシューメン、天津丼《テンシンどん》といったメニューを続けざまに注文する。

「全部、炭水化物じゃないですか。いったい、どうするんですか」

「大丈夫です。食べてみせます」

長年、そうした現場に立ち会っている黒鉄氏などは、店に入ると最初に「この人が何か頼んでも、受けないように」と店員に言うのだった。

そのぶん、食べ物に関しての記憶力は、驚くほど優れていた。

旅先、ふと訪れた街角で、「確か、この角を曲がったところに、うまいカツ煮を食わせてくれる店があったんだけどね」と言うと、必ずその場所にあった。確かにうまかった。

グルメブーム到来の前だったが、「これから、食べることが好きだという人が増えますよ」ということを、先生は言っていた。

先生の〝予言〟が当たることは、よくあった。

「そのうち、全国どこの競輪場でも、全部のレースの車券が買えるようになります」

これも、のちに現実になり、今では私もお世話になっている（というか、世話になるはめになったのである）。

また、当時を知る世代なら、先生の独特のファッションを記憶している人もいるだろう。

お洒落《しゃれ》な人であった。と言うと、語弊があるかもしれない。先生は、先生なりのお洒落をするのが、ことのほか好きな人であった。

上野のアメ横に先生行きつけの店があり、私も、何度か供をした。

老齢の女性店主は、入ってきた先生を見つけると、「あら先生、いいのがあるわよ」と言って、何着かの服を持ってくる。

あるときは、真紫のブレザーだった。しかも、全体にラメが入っている。演歌歌手のステージ衣裳にしても、着るのに勇気がいるような代物である。

「うん、いいねぇ」と先生が言う。

私は黙っている。

「伊集院君、どう？」

「ええ……」私はまた黙る。

いくらなんでも派手だよね。そう言うのかと、次の言葉を待っていると、先生は「ちょっと地味かなぁ」と言い、ニタッと笑うのである。

「地味じゃないでしょ、これは」さしもの店主も、呆《あき》れ顔を見せていた。

ある文学賞の授賞式に、先生が着たのは、見たこともないほど大きな千鳥格子のブレザーに、ラメの入ったスラックス。スラックスはサスペンダーで吊られていて、そのスタイルは先生のトレードマークでもあった。

このブレザーを買うとき、先生は「もっと大きな千鳥はないの？」と尋ねたそうである。

しかし、あれより大きな千鳥はあるまい。千鳥というより、海底を泳ぐカレイになってしまう。


先生は、戦前から戦中の、ハリウッド映画が好きだった。フレッド・アステアの着ていた服をよく褒めていたから、独特のセンスは、あのあたりに由来していたのかもしれない。


また、意外なことに、新しいもの好きの一面もあった。テレビゲームが登場し、子どもたちが一斉にゲームをやり始めた頃には、こんなことを言っていた。

「伊集院君、あれはね、ひとりで遊んでいるように見えて、実は違うんです。夜の九時頃、日本中の家の屋根を剝がしてみると、子どもたちがテレビゲームをやっている。彼らは、一緒に遊んでいるんです」

今のネット社会や、オンラインゲームの隆盛を、すでに見抜いていたのである。

子どもたちが自立して遊びを始めることは大切だ、と先生。何事についても、善悪など、ものごとを一面的には捉えない人だった。

ただ、「あれにはひとつだけ難点がある」とも言っていた。

「あの遊びには、利益が伴わない」

旅をしている最中、昼間の先生は、まさに無頼派作家・阿佐田哲也そのものであった。しかし、宿に入り、夜が更けると、先生はもうひとりの作家・色川武大に変貌し、机に向かってペンを走らせていた。

ちょうど『狂人日記』を書いていた頃だったと思う。私の目の前にあったのは、昼間とは違った気迫を漲《みなぎ》らせた、純文学作家の背中であった。

食事で筆を止めさせないよう、私は何度か、先生のために弁当を調達しに外に出た。あるとき帰ってくると、出かけるときには灯《とも》っていた部屋の明かりが消えていた。外出したのか、それとも眠ったのか――そう思って、一応、ノックをしてから「先生」と呼びかけると、パッと電気が点《つ》き、寝ていた先生が飛び起きた。呆気《あっけ》にとられる私を前に、パジャマ姿の先生は、気をつけの姿勢のまま、こう言った。

「今から、今から書こうと思っていたところです！」

おそらく、私を、原稿を取りに来た編集者と錯覚したのであろう。

買ってきた弁当を食べながら、先生はずっと下を向いていた。そして、「この仕事には、つらいときもあってね……」と、つぶやいた。

作家という職業、その現実を目の当たりにしたその夜のことは、強く印象に残っている。

そして、何といっても、先生が長年患い、私の小説のタイトルの由来にもなった、持病のナルコレプシーの発作である。

何時でも、所構わず眠気に襲われるこの病は、「眠るだけだから楽なものだろう」と思う人があるかもしれない。が、その様子は、傍で見ていても壮絶のひと言だった。

なぜそんなに、というくらい大量の汗をかき、苦しげな表情を浮かべた先生の様子に、幾度も胸が痛んだ。

私はただ、起きたときにいつでも飲めるようにと水を用意して、苦悶《くもん》の夢からの目覚めを待つしかなかった。

愛嬌《あいきょう》のある、かわいらしい人だった。

同時に、かわいそうだなぁ、とも、私は思っていた。

いねむり先生　その二

「相撲の申し合いみたいに稽古をすればいい」

旅から戻っても、先生との付き合いは続いた。

先生は、なぜか非常に私を可愛がってくれた。自宅にたびたび私を呼んでくれたが、あとで聞くと、これは、付き合いの長い作家仲間や編集者の間でも、かなり珍しいことだったという。

三度ほどは、あの風呂嫌いの先生が、私のために風呂を沸かしてくれたことがあった。酔って先生のお宅へお邪魔し、翌日、目覚めてぼんやりしていると、先生が部屋にやってきて「伊集院君、お風呂が沸いたから」と言う。

そういえば前夜、布団を敷いてくれたのも先生だったと思い出す。

私と知り合って半年ほどの頃、先生は、あるエッセイに「大きな声では言えないけれども、私は伊集院と結婚してもいいと思っている」と書いた。

これで、私は、先生の周囲にいる人々から、大いにやっかみを買うはめになった。

八方美人の先生は、どこでも人気者であったから、これは、仕方のないことであった。たぶん、先生と私には、どこか感性において通じるところがあったからかもしれない。

ある年の年末、私たちは大枚《たいまい》を持って、例のごとく競輪場に乗り込んだ。

「この金、一挙に十億、いや、二十億にして、チャーター便でタヒチかどこかに行っちゃいましょうよ、先生」

「ああ、僕はハワイのほうがいいね、伊集院君」

しかし、レースが終わってみれば、これまた例のごとくで、すっからかんのすってんてん。だが、そういうときにも、袖の奥に一万円をしっかりと仕込んでおくのが私なのである。

「えっ、まだ持ってたの、伊集院君」

「ええ。飯を食わないといけませんからね」

「偉いねぇ」

すると、「じゃあ、車代は僕が持とう」と、先生がどこからともなく一万円を出してくる。

こういう懲りなさは、お互いさまだった。


そうして先生は、「もっと小説を書きなさいよ、伊集院君」と、私に言った。

「書けません」

私は即答した。本当に、そう思っていたからである。

「誰でも書けないと思うんですよ、最初はね」

先生はそう言った。

書けなくても、とにかく原稿用紙と鉛筆を持って、稽古すればいい。ひとりでは書けないなら、相撲の申し合いみたいに、他の作家志望の人たちとどこかに集まって皆で稽古をすればいい、とも言ってくれた。

確かに、当時、先生の周りには小説家を目指して書き始めていた人たちが、五、六人くらいいただろうか。

皆、週刊誌のアンカーなどをやっている、それなりに手練《てだれ》の書き手であった。

しかし、先生は彼らに一度も「小説を書きなさい」とは言わなかったという。

むしろ、「アンカーをやるくらいなら、自分の名前で、ちゃんと書いたほうがいい」とアドバイスしていた。食べるものでも、ルポでも、何でもいいから、自分にできることをやりなさい、と。

自分にできること。

それは何だろうか。

私はこの頃から、二日酔いに揺らぐ頭で考え始めた。

その後、小説に専心するようになってからも、先生との不思議な縁は続いた。

作家として、先生に教わったことは、具体的に数々ある。

複数の、タイプの異なる媒体に、必ずページを持っておくこと。

そして、その媒体の読者ごとに、きちんとそぐった文章を書くこと。

「そうしておけば、いつ、いかなるときでも食いっぱぐれることはありません」

博打打ちにしては非常に現実的で建設的なそのアドバイスを、私は遵守した。

先生は、常に少し引いたところからものごとを眺めるという、現実との独特な距離の取り方をしていた。近視眼的に目の前のことに没頭するのではなく、常に全体を眺め渡し、事態を冷静に捉えて布石を打っておく。

もしかしたら、これはむしろ博打打ちならではのセンスというか、危険察知能力の高さからくるものだったのかもしれないと、今は思う。

とにかく、先生のそのアドバイスのおかげで、私は今日まで食いっぱぐれることなく生きてこられた。


色川武大と阿佐田哲也は、作風も振舞いも、まったく異なっていた。

私にとってとくに印象的だったのは、原稿用紙に書かれた、その文字の違いである。

筆記用具はどちらの場合も鉛筆であったが、色川武大として書く原稿は、きちんとした大きな文字が升目いっぱいに躍っていた。

一方で、阿佐田哲也としての原稿は、なぜかミミズの這《は》うような筆使いで、文字も升目の中にちんまりと収まっていた。

おそらく、書かれたときのリズムが異なっていたのだろう。

しかし、色川武大と阿佐田哲也は、ポジとネガというわけでもなく、先生というひとりの人物の中にまったく矛盾なく同居していた。人間としての先生は、少なくとも私にとっては、裏表のない、一貫したひとりの人物だった。

なぜ、裏表がないのか。それは、普通の人間でいうところの裏表とはかけ離れた、恐ろしいほどの裏と表が、この人の中にあったからではないかと思う。

名うての博打打ちであったわけだから、もちろん先生には、抜け目のないところもあった。

あるとき、急に先生から電話がかかってきた。

「今夜、ちょっと時間が取れるかな」

「どうしたんですか」

「麻雀のメンバーが足りないんだ。来てもらえるとありがたい」

事情を聞くと、その日、刑期を終えてムショから出て来た男が、出所祝いにまず先生と打ちたいと言って、実家から金を持ってやってきたというのだ。

もちろん先生は、勝つ気まんまんである。

こういう勝機は、逃さない人なのである。

しかし、容赦なく金をむしり取られながら、その男は「先生、ありがとうございました」と、深々と頭を下げ、礼を言った。

「いやいや、こちらこそ。まだちょっと慣れてないところもあったね。悪かったね」

先生も先生で、笑顔で応える。

何だか、いい話になっている。


作家らしく、毒のある遊びにも興じていた。

毎年、年頭になると、親しい友人たちと「今年死ぬ人」というリストを作って、賭けをしていたようだった。私も一度、そのリストを覗いたが、著名な作家、しかも知り合いや親戚の名前まで書かれていた。

「そういうの、絶対、バチが当たりますよ」と私が言っても、へへへ、と子どものように笑っていた。

黒さと愛嬌とが、先生の中で絶妙に調和していた。

そうして、先生を見送り、先生の没した年齢を越してようやく、私は先生と私の旅を小説に書いた。

もっとも思い出深いのは、やはり先生が遊び仲間の輪からそっと抜け出し、机に向かう姿だった。あの、真夜中の宿屋で見た背中である。

そして、病のうちに眠りながら、大汗をかいていた先生。

苦しみの中から作品を生み出す、あのときの気迫を思い出すと、身が引き締まる思いがする。

人間の中にある深い淵を見つめるあまり、底へ底へと降りていったら、ついに底が抜けて反対側の表へ出てしまう。その両端に、色川武大と阿佐田哲也が存在していた、といえばいいのだろうか。

作家というのは、これほどに底知れぬ、空恐ろしい存在たりえるのだと、あの一見穏和で温厚な巨体の持ち主は、私に身をもって教えてくれた。

その恐るべき世界に、まさか自分が手を引かれ、連れ込まれるはめになるとは思ってもみなかった。

しかし、今は、その〝手〟に感謝している。

私を引き込んだ手は、阿佐田哲也のものか、それとも色川武大のそれなのか。

どちらでもかまわない。とにかく、まぎれもない、あの先生の手だったはずだ。

「遊び」の先生

10　長友啓典先生　その一

若く、未熟な私の
尖った部分に
いい感じにヤスリをかけ、
丸めてくれたトモさん。

意外に思われるかもしれないが、私は、夜の街で酒を飲み始めた当初から銀座党であったわけではなかった。

若くて金がない頃はもちろん、相応の大人になってからでもそうだった。「酒を飲むだけなのに、どうしてこんなに金がかかるんだ」というのが、第一の理由。クラブにしても、同じである。あんなの、女がいない奴《やつ》が行くところに決まってる……そんなふうに思っていた。

それでも、遊び仲間や仕事での付き合いで銀座に連れていかれるようになり、それから一、二年ほど経った頃だろうか。私はひとりの、年上の男に出会った。イラストレーターでグラフィックデザイナーの、長友啓典《ながともけいすけ》である。

その男が入ってきたとき、一瞬、店がざわついた。

「誰だ、あいつは」「何者だ」声にならない声があちこちから上がったが、男は周囲のそんな空気など気に留めることもなく、席に着いた。

驚いた。こんなことは、過去に二度しか経験がなかった。一度目は、長嶋茂雄。二度目は、石原裕次郎である。

伊集院静とは、いったいどんな男なのか。その日から、気になって仕方がなくなった——。

何年か前、ある公の場所で、長友さん（皆には「トモさん」と呼ばれていた）が私と出会ったときのことを、こんなふうに話していたと聞かされた。

裕次郎以来の男かどうかはさておき、トモさんは、私に興味を持った。

興味。それがいつでも、好奇心旺盛なトモさんを動かす原動力であることを、私はのちに知ることになる。

少年時代から、絵やデザインに心ひかれていた私である。トモさんと私はすっかり意気投合し、それから数年間、銀座を根城にして遊びまわった。

「あんた、ぼちぼち出よやないか。うまい焼鳥屋があんのや」

夕方の五時頃になると、こんなふうにトモさんから電話がかかってくる。夕方の五時といえば、勤め人にとっては、ひと仕事終えてのいい頃合いである。

しかし、私とトモさんは、その七、八時間前まで、すでに同じ銀座でしこたま飲んでいた身である。夕方五時とはいえ、すでに地獄のような宿酔《ふつかよい》の中にあった。

それでも、私は出かけていく。トモさんと会い、焼鳥とともに最初のビールが運ばれてくる。これを飲んだら、死ぬかもしれない——そんな気分を栄養ドリンクで騙《だま》しながら、ジョッキを傾ける。

トモさんが、満足そうに笑う。そうして、実際には翌朝、日が高くなるまでの、長い長い夜が始まるのである。

当時は、こうした夜が年間三百日くらいあった。年間、である。日曜が年間五十日ほどあるわけだから、それを除いたほぼ毎日、トモさんと私は飲み歩いていた計算になる。うまいもの（しかも、安くてうまいものだ）好きで、楽しいことが大好き。とにかく、いろんな行き先や遊び方を次々と思いつく人だった。

あるときは、「カラオケ百連発を成功させるで」と言い、カラオケスナックに籠って延々、歌い続けた。「これを成し遂げたら人生のちょっとした区切りになるはずや」と言っていたが、五十数曲めで喉が切れて血を吐き（当たり前だ）、結局、なんの区切りにもならなかった。

そうして生まれたのが、私のはじめての週刊誌連載「二日酔い主義」だった。そこにイラストをつけるのがトモさんなら、実はタイトルをつけたのもトモさんである。二日酔い主義、それは、当時の私たちのモットーだったといえる。

小説を書き始めてからは、連載の挿絵に単行本の表紙絵、装幀《そうてい》と、トモさんは私の世界をヴィジュアルで広げる得難い絵描きであり、デザイナーであった。ほぼ毎日飲み歩きながら、多いときには年間二千点もの絵を、私のために描いてくれた。

先に述べたとおり、トモさんは年上である。トモさんはじっくり、私は量をと、酒の飲み方もまったく違う。

それでも、彼は夜な夜な、なぜか私を選んで呼び出した。

友だちがいなかったわけではない。鬼才のイラストレーター・黒田征太郎と組んで一流のデザインオフィス「K2《ケイツー》」を主宰していたトモさんの周りには、アーティストや芸能人など、常に華やかな顔ぶれが揃《そろ》っていた。まだ見ぬ才能を発掘して育てる才も、一級だった。

仕事柄だけでなく、もともとトモさんは、男女、有名無名を問わず、恐ろしく人に好かれる人だった。後年、古希を記念したゴルフ大会を催したとき、あっという間に百人、二百人が申し込みに名を連ねたことからも、その人気ぶりが窺《うかが》える。

なぜそれほどまでに人気があったのか。それはひとえに、トモさんの性質によるものである。

先に述べたように、並外れて好奇心旺盛なトモさんは、実力があるのに、貫禄とか威厳とかいうものがまったくない。とにかく、遊ぶことしか考えていない人だった。

そして、これまた人並み外れるほどの、穏やかな性格の持ち主だった。いつどんなときも機嫌がよく、怒らない。あれほど濃い付き合いをした私でも、人前でトモさんが怒ったところは、些細《ささい》な例外を除いてほとんど目にしたことがない。

一方、あの頃の私はいつも機嫌が悪かった。

食べ物屋の主人。バーテンダー。タクシー運転手。クラブの黒服。いい加減な仕事をしている男に出くわすと、いちいち立ち止まって喧嘩をした。あるときは、下痢で一刻も早くトイレに駆け込みたいトモさんを尻目に（まさに「尻」目だ）、横柄な対応をしたタクシー運転手を延々、怒鳴り続けた。

いわゆる「怖いお兄さん」に殴り掛かっていったこともある。素面《しらふ》でも、宿酔でも、とにかく人とぶつかってばかりいた。前妻を亡くしたばかりで、そのことを受け入れられずに憤っていた時期でもあったが、言い訳にはなるまい。

こんなこともあった。

私は、トモさんに連れられて、ある料亭に来ていた。

トモさんはよく、「あいつ、面白いやっちゃで」「こいつ、面白いんや」と言っては、いろんな人を私に紹介してくれるのだが、その夜、トモさんが引き合わせたのは、業界でもやり手と評判の編集者だった。

その男は、会うなり私にこう言った。

「直木賞が欲しいのなら、俺に言ってくれりゃいいんだよ」

曰く、選考委員の誰や彼は自分の言いなりだから賞なんてどうにでもなる、と。私は黙って、酒を流し込んでいた。トモさんも黙っていた。しゃべりたいだけしゃべって、男がトイレに立った。私の気持ちを察して、トモさんが先に言葉を発した。

「あんなやつやけど、悪いやつやないねん。勘弁したって」

それはいつもの、温厚なトモさんらしいなだめ方だった。しかし、私はカウンター席で前を向いたまま、「あいつが帰ってきたら、殴ってもいいですか」と言った。さすがにトモさんの顔は見られなかった。

「ここではやりません。表に連れ出します。それで、二度と口がきけないようにしてやります」

トモさんは、しばらく黙っていた。カウンターの内側にいた、やはり温厚な料亭の主人も黙っていた。そうして、しばらくの沈黙ののち、トモさんはこう言った。

「そうせんでおいてくれたら……わしは、助かるなぁ」

私は、その男が戻ってくる前に席を立ち、戻らなかった。

のちに主人に聞いた話によると、トモさんは戻ってきた編集者にこう言ったそうである。

「あれは用事があるからって帰りよった。あんたもな、人を見てものを言わなあかんで」

酒の飲み方を教えてくれたトモさん。また、若く、未熟な私の尖《とが》った部分に、いい感じにヤスリをかけ、丸めてくれたのもトモさんだった。

そして、そのやり方は、いつもたっぷりとユーモアを含んでいた。関西人ならではの流儀だろうか。思えばトモさんは、私が初めて深く付き合った関西人だった。

在日朝鮮、韓国人の知人友人も多かった彼は、よく「あんたが在日韓国人なら、わしは在日関西人や」と笑っていた。そういうさりげない気遣いを見せる、粋な人でもあった。

トモさんに救われ、私はここまで生きてきた。

しかし、この関西生まれの人生の師を、あるとき、危機が襲った。

長友啓典先生　その二

子どものように素直な、
あの不滅の好奇心。
ときに羨ましくも感じた。

銀座で長い夜を過ごした数年の日々ののち、トモさんは突如、「わし、明日から早起きして散歩するわ」と言い出した。

寄る年波か、それとも、なにか思うところがあったのか——真意は確かめなかったが、そうして私たちふたりの、狂乱の「二日酔い主義」の夜は、ようやく明けた。

酒場での付き合いはなくなったが、ゴルフ場などで、その後もトモさんと顔を合わせた。温和な人柄はちっとも変わらず、また、いつ会ってもその顔は好奇心に輝いていた。

そんなトモさんが、病気になった。

「まず君だけに言っておかなくてはならないことがある」あるとき我が家に、そんな書き出しの手紙が届いた。

トモさんが、食道がんと診断されたというのである。

同じくトモさんに親愛の情を抱いていた家内は、その文面を読むやいなや、泣き出しそうなほど取り乱した。

「落ち着け」と私は言った。

「だって、大変じゃないですか」と家内。

「そんなに慌てるな」

「でも」

「ほら、見ろ」私は手紙の一部分を指差した。

「食道がん」と書かれているべき箇所に、こんな文字があったのだ。

「食堂がん」

「人生の一大事に、こんな誤字をする人間がいるか？　だから、トモさんは大丈夫だ」

家内にそう言い置いて、私はすぐに東京に発《た》った。

がんとなれば、治療にも時間がかかるだろう。周囲の混乱を防ごうと、私はまずトモさんの事務所の人間たちを集め、状況を説明しようとした。

「いいか、君たち。今から話すことをよく聞きなさい。トモさんが」

「がんのことですか」

拍子抜けして、私はその場にへたりこみそうになった。

「知っているのか」

「はい」

トモさんの病名はその時点で、すでに百人以上の人々の知るところとなっていた。

「君だけ」の君が、たくさんいたのである。

そんなこんなで、明日が手術という日の夜、私はトモさんの病室を訪ねた。

すでに奥様も引き上げたあとで、部屋には誰もおらず、トモさんはひとりでベッドに横になっていた。

「伊集院」トモさんが声を発する。さすがに病人らしく見えた。

「わし、大丈夫やろか」

「そんなの、切ってみなきゃわかりませんよ」私は言った。

「つれないこと言うなや。あんた、病気には詳しいやないか」

ついぞ見たことのないほどの、弱気なトモさん。だが私には、言葉とは裏腹に妙な確信があった。

この人はきっと戻ってくる。間違いなく元気になる――それは、私の願望だったのかもしれない。しかし、私をはじめ、多くの人々の念が天に通じたのであろう。トモさんは無事に手術を終え、退院した。

私は何度か、トモさんとともに国内外を旅したが、彼はとにかくひとときもじっとしていない。

ひとたび興味を持つと、どんなに遠く面倒な場所にでも、出かけていく。

道端のショーウインドウに、なにか彼のアンテナに引っかかるものを見つけると、

「ちょっと、ええか」と前置きして、店にどんどん入っていく。そして、いつまでも出

てこない。

あるときは、海外で男物のブティックに入って、二時間あまり出てこないトモさんを待つはめになった。出てきたとき、その手にはなんの荷物もなかった。買わないのに、二時間も粘ったのである。

私は長らく、好奇心を人前で見せるのはあまりよくないことだと教育されてきた。男たるもの、もの欲しそうな顔をするなという、古い教えである。

しかし、私よりさらに古い時代の男であるはずのトモさんは、なんのてらいもなく欲しそうな顔をする。そして、その様子は、見ていて実に気持ちがいい。

子どものように素直な、あの不滅の好奇心がある以上、やすやすと死ぬはずはないだろう……そんなことを思わせる天真爛漫《らんまん》さは、私にはないものだ。まったく、と思いつつも、こういう大人になりたかったなぁと、ときに羨ましくも感じるのである。

そういえば、温厚なトモさんに冷静さを失わせるものが、この世の中にひとつだけあった。

ゴルフである。

高校生の頃はラグビーの国体選手であったトモさんは、もともとバリバリの体育会系である。ゴルフに出会ってからはすっかり熱中し、年間何十日もラウンドを重ねるようになった。

その熱中具合も、ある意味、天真爛漫である。

あるとき一緒になったラウンドでは、トモさんはバンカーにはまり、五回も十回も叩き続けることになった。

私はただ、待つしかない。あの海外のブティックで、二時間待たされていたときのことを思い出し、閉口した。

「伊集院、これ、どこが悪いんかな」なかなかバンカーから出られない砂まみれのトモさんが、たまらず助け船を求めてきた。

私は答えなかった。というか、すでに目をそらしていたのだった。

「何か言うてや。あんた、なんで見てへんのや」

「いや……朱に交われば赤くなるって言いますから」

そのとき、一瞬だけ、トモさんの貌《かお》に怒りの表情が浮かんだ気がして、私は肩をすくめ、そして、必死に笑いをかみ殺した。

11　光安久美子先生

「足元を見れば、
その人がどの程度の人なのかが
だいたいわかります」

先の稿で書いた銀座の師であり相棒のグラフィックデザイナー、長友啓典さん。通称トモさんと私が出会った、その記念すべき店が、クラブの名店「グレ」であった。この店を抜きにして、私の銀座の夜は語れない。

当時のママは、光安久美子《みつやすくみこ》。今回は、彼女のことを話す。

銀座に通い始めた頃、私はまだ若造で、一流店の呼声高いグレで遊べるほどの金は、持っていなかった。

それにもかかわらず、ママ・光安（敬称略になるが、いつもそう呼んでいたので、ここでもそうする）は、それから二年近く、私を遊ばせてくれた。金は出世してから払ってくれればいい、というのが口癖だった。

しばらくして、最初の小説を上梓した。

そうして、いつものようにグレに行くと、その本がうずたかく、店のグランドピアノの上に積まれていた。

「大丈夫。この人は、いずれ大作家になるから」

光安はそう言って、何十冊も購入してくれたのだという。

ありがたかった。最初の著書を手放しで褒めてくれたのは、光安を含めてほんの数人だけだったから、大丈夫だというその言葉は胸に沁《し》みた。

聞けば、若き日に早稲田で文学を学んだ文学少女であったという。

その少女が、どこでどうなって銀座の一流店のママに上り詰めたのか、仔細《しさい》を尋ねたことはない。しかし、店での彼女の振舞いを見ていて、ある哲学と信念、そして、とびきりのセンスを持った経営者であることが、だんだんにわかってきた。


まず、客を選ぶ眼を持っていた。

金を持たない人間はそもそも足を踏み入れることができない（私は例外中の例外だった）が、光安は、その金では人を判断しなかった。

政財界のお歴々や上場企業の経営者が常連客に名を連ね、一流店に上り詰めたあとも、金持ちだからという理由で上席に座らせるようなことを、彼女は決してしなかった。むしろ、そう金を持っているはずのない文学者や文化人を優遇しているように見えた。私も、その恩恵にあずかったひとりであろう。

人選びとあしらいには、彼女一流の美学があるようだった。

私自身のことはさておき、彼女が客として選び、厚遇する人は、どこか品を感じさせる人間が多かった。それが店の空気を、めったな客には近寄れない、より洗練されたものにしていた。

銀座における紳士の条件として、光安が私に教えてくれたことがある。

それは、「いい靴を履いていること」。

曰く、「靴はどうでもいい、という男性はだめ。足元を見れば、その人がどの程度の人なのかがだいたいわかります」とのことであった。

単に、高級な靴を履いていればいいというわけではない。仕立てのいい靴を、型崩れしないようにきちんと手入れして履いていることが、自分を律することのできる人間であるという男ぶりを物語るのだと。一流の男たちと日々渡り合っている、彼女らしい教えである。

以来、それを守って、私も靴には気を遣うようになった。ゴルフ場に行くのと銀座に行くのとでは、もちろん同じ靴は履かない。どんなに酔って帰っても、その日は無理でも、脱いだ靴をそのまま放っておくようなことはしなくなった。

靴にこだわれば、服装にもしぜんと気がいくようになる。いわゆる〝吊るし〟でなく、きちんと仕立てられたものを、手入れして着る。その教えに従順であれば、少なくとも格好だけは一丁前の銀座の紳士の出来上がりである。

次に、まず自分が楽しむ人間であった。

若い頃の光安は、それはそれはきれいな女で、ときには有名人と浮き名を流すことで世間にも知られていた。

たいへんな酒乱でもあった。酔うとすぐ裸になる癖があった。

経営も、そんな調子だった。自分の店を切り回しながら、一流シェフを雇ってイタリアンレストランを開いたり、陶器にはまってホテルに店を出したり。ときには赤字も出していたようだが、その奔放な経営ぶりは、見ていて気持ちがよかった。

あるときは能に執心し、客たちに「観に行こう」と、半ば強制的に声をかけていた。私も連れ出された。見れば、周囲には、同じように引っぱり出された男たちが群れをなしていた。それが皆、一流企業の経営者だったりするのだから、天晴《あっぱ》れといえば天晴れ。まったく、どれだけ客に迷惑をかけるんだと言いながら、男たちは笑って彼女に従った。

第三に——これは、グレで出会ったトモさんにも通じることだが、光安は、実によく人を育てた。

酒の飲み方。人の見分け方。社交術。光安が仕切っていた最盛期のグレの活気は、素晴らしかった。働いている女性たちにも脇で支える男たちにも、誇りと自信がみなぎっていた。

人の流動が激しいのは水商売の業界的宿命であるが、そんな中でも、グレには長続きするホステスが多かった。彼女らによく目を配り、ひとりひとりの個性や才能を尊重しつつ育てる。光安の経営者としての最大の能力は、そこで発揮されたのだと思う。

実際、グレで働いたのちに独立し、店を開いた女性たちが銀座で数多く活躍しているのが、何よりの証明である。私を含めた客の男たちに対するよりまず、彼女は、女性たちにとってのよき教師だったのだ。

「私、ホステスじゃなかったら、きっと生きていけなかったわ」

あるとき、彼女はそんなふうに言っていた。本当にそうだったろうと思う。

おいしいものを食べたい。きれいな服を着たい。好きなことだけをして生きていきたい。その「好きなこと」を追いかけることで客を呼べる、光安はそういう稀有《けう》な才能を持った女性だった。

よく飲み、よく語り、よく遊ぶ。

グレを一流店として守り抜いた彼女は、還暦を迎える直前に店を二代目ママに譲り、潔く銀座を去った。

去ったのち、彼女は何と、フィリピンのストリートチルドレンを支援するＮＰＯを立ち上げた。今や、日本とフィリピンを行き来しながら、慈善活動家として活躍しているのである。

これには、私も驚いた。引退後に会ったとき、思わず、「おいおい、何の罪滅ぼしなんだ？　お前、現役時代にどれほどの悪事を働いたんだよ」と言ったくらいである。

彼女は笑っていた。あの、伝説の店の中で見せたよりもさらに、快活な表情で。

「いずれ大作家になる」と、彼女が私のどこに目をつけてそう言ったのか、今もさっぱりわからない。

当時、まだ芽が出るかどうかわからない駆け出しの作家を傍らにおいて、「私には、取りっぱぐれた客はひとりもいないのよ」と、光安は豪語していた。

つまり、あの頃、あの店にいた多くの従業員と同様に、私もまた、彼女に育てられたのではないか——そんなふうに思っている。

大作家になる、という魔法の呪文を、彼女は私にかけた。単純なもので、それに応えようと、若い私は知らず知らずのうちに躍起になったのだと。

実際、私は何とか作家として独り立ちし、ツケの飲み代を返して、今もせっせと銀座に通っている。彼女の経歴に（今のところは）疵《きず》をつけずに済んで、よかったと思う。

12　銀二先生

「お百姓さんは米を作る。
八百屋が野菜を売る。
そうして感謝される。
それが仕事というものや」

競輪は、人間くさいギャンブルである。

そもそも人の足で漕《こ》いで走るということがそうだし、選手同士が出身地や所属する選手会で「ライン」と呼ばれる連携を組んで走るという、人間関係が絡んだ独特の競技のセオリーも、予想を複雑にしている。

だからこそ、面白みがあるのだろう。「だろう」などと他人事《ひとごと》のように言っているが、私も、競輪にはずいぶん血道をあげるひとりである。

その駆け出しの時代に出会った男の話である。


地球の裏まで行っても、八分の一輪。銀二《ぎんじ》が、そう言いよったで。

その言葉を聞いたのは、今から三十年ほど前のことだった。当時、私は故郷である山口の防府にいて、競輪場に足を運んでは、仲間となった年上の男たちとよく顔を合わせていた。

「銀二って、誰ですか」

「伊東《いとう》銀二、車券師や」

「へぇ」

車券師とは、競輪の車券の買い方を客に指南することを生業《なりわい》にしている人である。

誰にでも予想を教えて手数料を稼ぐ、場内公認の予想屋とは異なる個人事業者。関東ではコーチ屋と同一視されているが、同じ非公認でもどうかすると詐欺まがいの輩《やから》も交じるコーチ屋とは異なり、車券師は、おもに大口の顧客を相手に商売をするプロフェッショナルである。

もちろん、車券師の存在は知っていた。しかし、男たちの語る口ぶりからも、銀二は、その中でも別格の存在なのだということが感じ取れた。

競輪は、一周約三三三メートルから五〇〇メートルのバンクと呼ばれるレース場を周回して、着順を競うレースである。通常は二〇〇〇メートルを、年に一度の「ＫＥＩＲＩＮグランプリ」などの大レースでは、およそ二八〇〇メートルもの距離を選手たちは走る。

地球の裏側まで到達せんとするかのような死力の限りを、選手たちは尽くす。だが、そうしたところで、前の選手との間のほんの数センチ、自転車の車輪の直径わずか八分の一ほどの差を、埋められないことがある。競輪はそれほど厳しいレースなのだということを、その車券師は端的に語っているというのだ。

「会ってみたいですね、銀二って人に」

私は言った。

「小倉《こくら》の競輪祭には、顔を出しよるで」

男たちが言うには、防府にはもはや大口の客がおらず、銀二は広島に居を移し、全国から来る客に付き従って、各地の競輪場に足を運んでいるらしい。

哲学的な台詞を吐く老練な勝負師とは、いったいどんな男なのだろう？　俄然《がぜん》、興味がわいた。

秋も深まった頃、北九州の小倉へ出かけた。目当てはもちろん、競輪発祥の地で行われるＧＩレース、競輪祭にやってくる銀二である。

「あんたのことを知りたいって人が、おんのやけど」

会場で、男たちがそう声をかけて振り向いた男が、銀二だった。隣にいた紳士然とした男性はその日の顧客で、さる大病院の院長だということを、あとで仲間から聞かされた。

年の頃は、七十ほどだっただろうか。きちんと上着を着て、磨かれた靴を履いた、地味だがこざっぱりした男というのが第一印象だった。

「あなたのことは、何かの記事で読んだことがあります」

銀二は静かに言った。初対面のその瞬間、当時の私は、何か運命的なものを感じたのだろう。私は、すぐに申し出た。

「そうですか。あの……あなたとしばらく、一緒に過ごさせてもらうわけにはいかないでしょうか」

銀二は、「いいですよ」と即答した。動じた様子はなかった。

次に会ったのは、広島だった。レース開催当日の朝、私は銀二を、彼の住まいまで迎えに行った。

老勝負師の自宅は、アパートの一室だった。覗き込むと、部屋には家具らしい家具はほとんど見当たらない。テレビはなくラジオ一台のみで、家族のいる気配も感じられなかった。全国に多くの顧客を持つ身でありながら、その暮らしぶりは驚くほど質素だった。

いざ競輪場に着いてからは、私は銀二の隣で、その勝負の仕方をじっと見ていた。

銀二の打ち方は、実にシンプルだった。

打つ日は、一日一レース。いわゆる「穴《あな》レース」には目もくれず、確実に勝てると踏んだレースでのみ、勝負目だけを狙う。丁寧に観察し、些細なことでも不安要素があるうちは、絶対に手を出さない。日によっては、「今日は打てるレースはひとつもありません」と顧客に言い切ることもあるという。

「勝率って、どのくらいですか」

「まあ、五割取ったら、たいしたもんでしょう」

そんなものなのか、とも思ったが、それでも競輪は当たりが出れば大きい。ためしに、麻雀はするのかと尋ねたら、「ああいう、偶発性の高いものはやりません」と銀二は言った。彼にとっての競輪の結果は、偶然の産物ではないのだ。

狙い澄まして、取りに行く。そのためには日々、選手やバンクの研究を、恐ろしいほどに積み重ねているに違いない。なにしろ車券師は、自分の金で打つわけではない。客のレースに助言をし、その上がりから、賭け金に応じたパーセンテージで報酬を受け取るのである。

しかし、車券師が一流なら、客も一流。外れたからといって、どうしてくれるんだと血相を変えて詰め寄るような客は、そもそも銀二の相手にするところではないのだろう。当時のギャンブル場には、そういう上客がいたのである。

初日の〝見学〟(結局、その日はそれで終わった)の後、私は銀二を食事に誘った。食の細い人だった。バーにも行ったが、酔うそぶりすら見せなかった。人とは徹底して深く関わらない男、という印象だった。

「家族をお持ちになったことは、あるんですか」

同行して三日目くらいだっただろうか。ふと、私はそう銀二に尋ねた。当時、私は三十代半ば。前妻を病で喪って、数年が経っていた。

ありません、縁もなかったし、というような二言三言で、会話は終わったが、その日の夜、やはり食事をともにしたとき、銀二が自分のほうから切り出した。

「あんた、昼間に『家族はおるか』ちゅうたね」

「はい」

女と、おったときもあるんよ。そう続ける銀二の言葉を、私はレースのときのように、黙って聞いていた。

「だけどね、たとえば女がおって、朝起きて、その女が熱を出したとする。それだけで、もうこっちは、そのマイナス分を抱えにゃならん。女ならまだしも、子どもやったら、その場所から打ちに行くだけで、もう負けよる。それがいかんのや。そういうところでは、勝てへんのや」

銀二という、おそらく本名ではない名前を背負った男が、いったいなぜ、いつからこうした暮らしを始めたのかはわからない。仕事の障害となるものは一切排除し、孤独の中でただひたすら勝負のために生きる男の横顔を、それからひと月あまり、私は隣で見つめた。

「もう、こういう時代は終わりやな」

別れ際、銀二がつぶやいた。相場や株はこれからも続くけれども、競輪のような博打で生きていける時代は、まもなく終わると。

「そうですか」私が返すと、彼は、続けてこう言った。

「あんた、こんなことしとってもしゃあないで」

博打打ちは所詮、三流の仕事だと、銀二は言う。

「でも、あなたは日本一の車券師です」

「いや、日本一の三流なんや。お百姓さんは米を作る。八百屋が野菜を売る。そうして感謝される。それが仕事というものや。博打打ちは、誰からも礼を言われない。だから、違うのや」

振り返ってみれば、当時から競輪の売り上げは落ち始めていた。察しのいい銀二は、数値ではなく、そのことを肌身で悟っていたのだろう。

しゃあないで、という銀二の言葉を、それからしばらく私は、頭の中で反芻《はんすう》した。もしかしたら自分は今、とても虚《むな》しいことをしているのかもしれない――私は東京へ帰り、放りっぱなしにしていた仕事と借りっぱなしの借金の整理をした。「しゃあない」ことに委ねていた身を、少しばかり律してみようという気になったのだ。

もちろん、その後「いねむり先生」こと色川武大と出会い、旅打ちに出かけることになるので、ギャンブルとの縁は切れなかった。が、あのときの銀二の言葉で、遊びに身をやつす時間の空虚さにはっきりと形を与えられたのは、思った以上に大きなことだったのだろう。遊びで我を忘れることは、それから先はなくなった。

数えてみれば、銀二と出会ってから色川武大とともに過ごし、彼とも別れるまでは、たった五年ほどの間の出来事だった。

銀二とはその後、一度も会っていない。別れてから一、二年経った頃、私は銀二の在所を再訪したのだが、すでにそこに彼の姿はなかった。彼は、誰にも知られることなく、煙のように消えた。行方は今もわからない。

人間くささが魅力だった競輪の世界も、今は大きく様変わりした。脚力を武器に、旧来のセオリーにとらわれずに活躍する選手たちのレースは、これまでの知識や経験ではなかなか予想が難しい。

ということで、私は今も時間に追われながら、相変わらずそれに頭を悩ませているわけだが（悩ませなくてもいいのだが）、そんな日々、ふと、銀二のことを思い出す。

銀二が生きていたら、今の私に何と言うだろうか？

13 岡田周三先生

「私の一服は、
『ああ、今日も生き残れた』
という一服なんですよ」

会食のときに、「うわっ、うまい」「おいしいっスね」と連発する輩がいると、私はこう苦言を呈する。

「いちいち騒ぐんじゃないよ。料理屋で出てくる料理がうまいのは、当たり前だ」

実は、これは、ある料理人の受け売りである。まだ二十代半ばの頃、はじめて暖簾《のれん》をくぐった下北沢の名店、小笹寿し《こざさずし》。その板場にいた、今は亡き大将、岡田周三《おかだしゅうぞう》氏の口癖だった。


仕事上の知人の紹介で訪れたその店で、最初に岡田さんの握った江戸前寿司を食べたときの感動は、今も忘れがたい。

うまい。

それはもちろんのこと、寿司とはこういうものなのだということを、彼の寿司は物語っていた。それまで食べていた街場の寿司とはまったく違う、隅々まで行き届いた寿司の完成ぶりは、厳しい修業を重ねて到達した、昭和の名人と謳われた人の仕事であった。

しかし、名人は、恐ろしい大将としても知られていた。

とにかく、客をよく叱る人だった。「それ、いつまでも置いてあるけど、食べないのか」と、おしゃべりに興じる客を睨《にら》みつける。注文のマナー違反を遠慮なく指摘する。

わざわざ遠くから、子どもを連れてきた客を、「うちは困る」とにべもなく追い返す。「こっちが金を払っているのに」と憤慨する客もいれば、怒られているうちに一種マゾヒスティックな感覚に陥り、それが癖になる（?）客もいた。カウンターのみで七、八席しかない小さな店の中は、実に不思議な雰囲気だった。

しかし、私は一度も叱られなかった。

こういう、ものすごく難しい人にわけもなく好かれてしまうことが、私の人生には、なぜか何度も起こるのだ。何がそうさせたのかはわからないが、カウンター越しに私に接するときの岡田さんは、いつも、とても親切だった。

板場での、立ち居振舞いもよかった。

この客はだいたい終《しま》いだな、と見切りをつけると岡田さんは、後を脇板たちに任せ、さっさと場を離れる。そして、客がいようがいまいが、板場の側《そば》の小窓を開け、煙草《たばこ》を一本取り出す。銘柄は、決まってチェリー。それを、実にうまそうに喫《す》うのだ。調理人が仕事中に、と今なら眉をひそめられそうだが、そのゆったりとした様子は、実にいい風情だった。

前妻と、はじめて一緒に行った寿司屋でもあった。

私以上に若かった彼女は、岡田さんの握った寿司のうまさがよほど印象に残ったのか、そのときに使った箸袋をいつまでも財布の中に入れていた。

それだけではなく、彼女は、私の知らないうちに、岡田さんにある相談までしていたことを、後で知った。当時、私はCMのディレクターをしながら少しずつ小説を書いていたのだが、彼女は岡田さんにそのことを話し、私は彼は小説を書くほうがよいように思うのだけど、と言ったのだという。

後日、そのことを私に告げた岡田さんは、こんなひとことを言い添えた。

「お嬢ちゃんも言っていたけれどね、あなたは、好きなことをおやりなさいよ」

でも、小説を書くには才能がいるしね。若かった私は、そんなふうに返したと思う。すると、岡田さんはさらに「何をやっても大丈夫ですよ」と言った。そして、その後に続く台詞が、ふるっていたのだ。

「俺にはわかるんだ。俺の店にも、作家と呼ばれる先生が何人も来たから。でもね、ありゃあ、そんなに大した職業じゃねえよ」

大笑いで、肩の力が一気に抜けた。そういうユーモアの持ち主でもあった。

それから、ことあるごとに、私は店に足を運んだ。当時は忙しくしていて、たいていは閉店間際の客だったから、岡田さんは私をゆったりと受け入れてくれた。

しかし、あの頃は、私にとってはしんどい時代であった。何をやってもうまくいかず、ともに暖簾をくぐった前妻は若くして世を去り、借金は日増しにかさんでいた。

あるとき、食事を済ませ辞去しようとした私に、岡田さんが「お代は置いていきなさい」と言ったことがあった。貸しでいいよ、ということである。

「いいよ。あるから」

「いや、いいから」

これは、小笹寿しを贔屓にし、岡田さんを知っている人には、驚くべきことであろう。あの時代の小笹は、掛け売りは一切せず、カード払いも受け付けなかったからだ。「うちは現金持って魚を仕入れに行ってるんだ。現金で払ってもらわなきゃ困る」と言っていたその人が、である。

岡田さん自身、戦時中、何度も死線を越えてきた人であった。

中国に出征した彼からは、何度か戦場での話を聞いたが、あるとき、「なんで私が生き残れたかといいますとね」と、こんなエピソードを話し出した。

隊長から突撃を命じられたとき、何となく、最初に駆け出した兵隊がまず撃たれそうな気がする。が、実際はそうではなく、そういう者はたいていは戦場を駆け抜けて生き残るのだそうだ。岡田さん曰く、「後から何となく行ったヤツに限って、狙い撃ちされて死ぬんだよ」と。

岡田さんは、いつも先頭を駆けた。駆けて、駆け抜けて生還した。そうしてそのあと、必ずそこで一服、煙草を喫ったのだという。

仕事ってのは、そういうものなんだな……そのとき、私は思った。先陣を切って一所懸命やるヤツには見込みがあるけれども、人の顔色を見て、後についていく人間はものにならない。突っ走るんだ、と。

「私の一服は、『ああ、今日も生き残れた』という一服なんですよ」

そう言って、岡田さんは、またチェリーを喫った。ああ、うめぇや、というつぶやきとともに、その姿は今も脳裏に焼きついている。あれこそ、いかにも実感のある「うまい」であった。


先が見えずにさまようとき、誰かひとりでも自分を支持してくれる人がいるということが、どれほどの光になるか。私はそれを、岡田さんの人情から教わった。

そのおかげもあり、どうにかこうにか、私も生き残り、その後、本腰を入れて小説を書き始めた。

岡田さんは常々、「あなたに何か祝い事があるときは、出かけていって握るよ」と言ってくれていた。残念ながら、彼の現役時代にそれは叶わなかったが、とにもかくにも、好きなことをやれ、先頭を突っ走れ、という彼の教えには応えられたのではないかと思う。

もう一度、あの寿司を食べたい。そして、生き延びた者同士として、ふたりで一服できたら——今となっては、それも叶わぬ夢であるのだが。

「作家」という先生

14　城山三郎先生

「僕はね、
ひとつの作品を
仕上げようと思ったら、
悪魔とだって手を結ぶ」

作家の人品は、何よりもその作品に表れる。そうした意味で、この方ほど紳士然とした作家を、私は他に知らない。

社会を鋭く洞察し、緻密な筆致で経済小説という一ジャンルを確立した城山三郎《しろやまさぶろう》さん。同時に、数々の躍動的な歴史小説、伝記文学を生み出し、随筆等においても、豊かな見識が滲《にじ》む珠玉の名言で、ビジネスマンをはじめ多くの市井の人々を勇気づけてこられた方である。

城山さんと出会ったのは、作家たちが集まる文壇ゴルフの場であった。

直木賞を受賞したあとだから、おそらく私は、四十代半ばであっただろうか。

その日の私は、絶好調だった。どのホールでも球は狙った方向にまっすぐに飛び、伸びた。それを見て、ゴルフでも大御所として鳴らしておられた城山さんが私に近寄ってきて、ひとこと放った。

「君、本当に作家なの？」

こういう、少年のように素直なところのある方だった。

その日の夜のパーティーでお会いしたときには、「君、お酒は飲むのかい」と尋ねられた。

生きできる。酒だけ飲んでいる作家は、十年、損をしますよ」

「だったら君、ゴルフをしなさい。そうして、続けなさい。ゴルフをすれば、十年は長
「浴びるほど」

「どのくらい」

「飲みますね」と、私。


私は言いつけを守り、ゴルフを続けた（酒も飲んだが）。

城山さんとは、そのときをきっかけに、折に触れてお付き合いをさせていただく関係となった。

お付き合いをはじめてから知ったのだが、城山さんは、実にお洒落な方であった。

英国調のジャケットも、その中に着たシャツも、痩身に合わせて誂《あつら》えたとみえる、いかにも仕立てのよい品であった。ときには真っ赤なコーデュロイなどを差し色に使っておられて、これがまた、とてもよくお似合いだった。

思えばあの頃、見上げていた先輩世代の文士諸氏は、たいへんな洒落者揃いだった。城山さんをはじめ、吉行淳之介さん、小林秀雄さん、川口松太郎さん。皆、洋服も和服も隙なく着こなしていた。

ともすると職業不定に見られがちな作家は、服装での主張も肝心である。

たとえるなら、大店《おおだな》とはいかないまでも、中堅どころの商店の主人のような……とでも言おうか。私は旦那でございます、そうそう人に頭を下げないで仕事をやっている人間でございますよということを、きちんと世に示さねばならない。

近年はそのことを忘れて、迷彩服など着てちゃらちゃらと人前に出てくる輩も見受けられる。誠に残念である。

城山さんとは、いつも穏やかに、好きな作品の話などをして過ごした。

「君、（ジェイムズ・）ジョイスの作品では何が好きなの」と、あるとき尋ねられた。

「『ユリシーズ』もいいですが、『ダブリン市民』が好きですね」と、私。

「まったくそうだ。ジョイスは、『ダブリン市民』に尽きる」と、城山さん。城山さんが挙げた短編「対応」は、収録作品の中で、私ももっとも好きな一作だった。

城山さんはダブリンまで、ジョイスの生家を見に行ったことがあったという。そこで、ジョイスのことを知らない地元の人々の不案内に翻弄され、ついにはパトカーで生家まで連れていかれたという思い出を語ってくださった。

「ジョイスの家にパトカーで行ったのは、きっと僕だけだろうよ」と、愉快そうに笑っておられた。

そんな紳士然とした城山さんだが、作家らしい、ギラリとした一面を覗かせることもあった。

あるとき、城山さんとふたりで、東京郊外にある美術館に出かけた。当時、私と城山さんは、ある歴史上の人物にまつわる作品にともに取り掛かっていて、それを知った城山さんが資料として役立つ展示があるからと、私を誘ってくださったのである。

都心の始発駅の改札に、午前九時半に集合する手はずであった。が、私は先輩を待たせてはならぬと、九時十分過ぎには改札前に到着した。すると、改札口には、すでに準備万端整えた城山さんが立っておられた。古きよき時代の方なのである。

電車に乗り、美術館へ着いた私たちは、連れ立って展示を観覧した。熱心に見入っておられた城山さんは、そのあと、「僕はちょっと館長に挨拶してくるけど、君はどうする?」と、尋ねられた。

「遠慮します」と、私は答えた。その美術館は、ある特定の教義を信奉する団体が運営しているもので、ありていに言うと、私はあまりお近づきになりたくなかったのである。

「そう」と、城山さんはおっしゃり、私を残して館の奥へ入った。そして、三十分ばかりのちに出てこられたときには、私のぶんまでパンフレットや資料をもらってきてくださっていた。

「僕はね」帰りの電車で、城山さんがこうおっしゃったのを、今も覚えている。

「ひとつの作品を仕上げようと思ったら、悪魔とだって手を結ぶ。作家には、そういう気持ちがないとだめだよ」

しばらくして、城山さんは、当該人物にまつわる作品を上梓された。

そのすぐ後に、私のもとに一箱の段ボールが届いた。中にはぎっしりと、執筆に使われたであろう資料の書籍が詰まっていて、この中の数冊は返却願いたいがあとはすべてご随意に、との城山さんの手紙が添えられていた。

資料とはこうやって後輩に引き継いでいくものだというお手本のような、見事な処し方であった。

私の作品は、一応、完結はさせた。が、結局、今もって世には出していない。

出会いがゴルフ場であれば、最後にお目にかかったのも、やはりゴルフ場であった。晩年、奥様に先立たれた城山さんは、哀切な随筆集『そうか、もう君はいないのか』に著されたとおり、相当にふさいでおられた。愛する者を失って、あれほど打ちひしがれた夫を、私は他に知らない。それくらい、生前のおふたりは、素晴らしいご夫婦であられた。

私はそれから、つとめて城山さんをゴルフにお誘いした。しかし、出てこられる回数は、そう多くはなかった。この頃から、すでに体調を崩しておられたのかもしれない。

その日は、ご自宅に近いゴルフ場での開催であったこともあってか、久しぶりのお出ましとなった。

快晴だった。

城山さんは三ホールまで、我々と一緒に回られた。そして、四ホールめにある茶店《ちゃみせ》に入ると、ワインが飲みたいとおっしゃって、食堂からワインを運ばせた。

「この頃合いが、私のゴルフの終わりだろうね」

城山さんはワイングラスを傾け、そうおっしゃった。

いやいや、またいらしてくださいよ、と言うと、「うん、そうできるといいね」と、いつものように穏やかに微笑《ほほえ》まれた。が、心中ではもう決めておられたのだろう。


二か月後に逝去された。享年七十九。

敬愛する作家と小さな旅をともにし、そして、その紳士のゴルフの最後のラウンドに立ち会うことができたのは、つくづく私の幸運だった。

15　黒岩重吾先生

「ばかたれ、作家に盆も正月もあるか」

私もたいがい怖い人である。が、この人ほどではなかろう、と思うのは、社会派推理作家の巨人・黒岩重吾《くろいわじゅうご》さんである。

何しろ、怖い人として知られていたので、パーティーなどで同席しても誰もうかつに話しかけられなかった。

たまに勇気のある、というか、蛮勇をふるって失礼な調子で話しかける輩がいると、決まって直後に「無礼者！」という怒鳴り声が辺りに響いたものだった。そのくらい、厳しい人だった。

しかし、これと見込んだ人物には、実に親身になってくださる方でもあった。古きよき「兄貴分」の風格をたたえた人物だったのである。

幸い、私は見込まれている側のひとりだったらしい。

私が直木賞を受賞したとき、黒岩さんは、選考委員のおひとりであった。拙作『受け月』について、〈どうもこの作者は、小説の人間像から垢《あか》や脂をたくみに拭い去り、人生に慈愛の眼を注ぎながら描く、独得の才能を持っているらしい〉と、それこそ慈愛のまなざし溢れる選評を寄せてくださり、感激したものだった。

受賞のあと、黒岩さんにお目にかかる機会があった。そのとき、黒岩さんは、私にこんなふうにおっしゃった。

「俺が賞に推して、その後、だめになった作家はこれまでひとりもいない。これからもそういう奴は出さない主義だから、くだらない本を書く作家には決してならないでくれ」

肝に銘じよう、と思った。

面倒見のよい黒岩さんは、博打好きでもあり、私とは気が合った。年に一回、小倉競輪場で行われる競輪祭に行くときには、帰りに必ず住まいのある大阪に挨拶に寄らせてもらった。

もちろん、訪問の際の私は、いわゆる「すってんてん」である。それでも、黒岩さんは、「俺の仕事が終わるまで、ここで飯を食っておけ。その後、このバーとこのクラブに行け」と、親切に案内までしてくださった。

ある編集者に、私について「自分の若いときのやるせなさに通じるものを感じる」と語っておられたと、後年聞かされた。可愛がってくださったのには、そんな理由もあったのかもしれない。

黒岩さんの左手には、傷痕があった。

それは少年時代、電車で通学しているときに、対抗する学校の不良学生に「ポン刀」

と呼ばれる小型の日本刀で襲われ、とっさに刃を握ったときに負った傷だと聞いた。

学徒出陣し、満州で終戦を迎えて命からがら帰国した後は、株のブローカーや水商売などさまざまな職を転々とし、ときには社会の底辺にも身を置いた。辛酸を嘗《な》めた末に文学に辿り着く、その人生の足取りは壮絶なものである。

そんな人だから、怖ろしかった。しかし、それゆえに作品は凄絶で、力強かった。


しかし、厳しくも優しい兄貴であった。

ある年、書斎を拝見したいんですが、とお願いしたことがあった。

もちろん、自宅など、めったな人には決して足を踏み入らせない場所である。が、

「まあ、お前だったらええやろ」と、黒岩さんは招き入れてくださった。

そこには、在りし日の柴田錬三郎《しばたれんざぶろう》の写真が一枚、ぽんと置かれていた。やはり戦争に翻弄された時代を生き抜いた、黒岩さんの親友にして盟友である。

「おもろい写真やろ」と、黒岩さんがおっしゃった。そういえば、珍しく笑顔の写真であった。

「こんなに笑《わろ》うてるシバレンは、なかなかおれへんで」

友情を大切にされる方なのだと、あらためて感じた。

その書斎で、だったと思うが、こんな話をしたこともあった。

私が、黒岩さんに訊ねたのだ。

「先生、作家っていうのは、正月はどういうふうに過ごすものなんでしょうね」

たぶん、正月が近い頃だったのだろう。

「ばかたれ」黒岩さんは、まずそう言われた。

「作家に盆も正月もあるか。いいか、一月一日になったら、『ああ、元旦だな』と確認するのはかまわん。が、それが終わったら、いつもと同じように書きゃいいんだ」

その勤勉さのたまものであろう。黒岩さんは、五十代半ばという作家の円熟期に入られてから、日本の古代史に題材をとった新しい分野の著作を次々と発表され、ヒットを飛ばした。

八〇年には、壬申《じんしん》の乱を描いた長編小説『天の川の太陽』で吉川英治文学賞を、そののちの九二年には一連の作品により菊池寛《きくちかん》賞を受けている。

五十を過ぎてから幅を広げたうえに、一層売れはじめるというのは、文壇のセオリーを破る画期的な業績である。これは、ぜひとも見習わねばならない。

正月に暇なやつなんか、だめだ。

年が改まるたび、あの一喝が蘇る。以来、私も、なるべくそれを守るようにしているのである。

文壇にいると、関西、ことに大阪出身の作家同士には、独特の強い結びつきを感じることがある。黒岩さんも、まさにその中にいたひとりだった。大阪から活《い》きのいい作品が生まれたときには、田辺聖子《たなべせいこ》さんなど同郷の作家とともに、体を張って全力で推しておられた。

そういえば、黒岩さんが亡くなったとき、田辺さんは、弔辞でこんなふうに述べておられた。

「文学のことだけでなく、何か困ったことが起きたときには、いつもあなたに相談したものです。あなたはその全部に、親身になって答えてくれましたね」

つくづく、大阪の作家たちの絆《きずな》の深さを、羨ましく感じたものだった。

羨ましい、と言いながら、私が作家の面倒を見ることはほとんどない。

「相談事がある」と言われても、「だめだめ」とすげなく手を振って遠ざけるタイプである。

それでも、ときどき「一緒にお酒を飲みたいです」などと私に言ってくる輩がいる。黒岩さんのように「無礼者！」とは怒鳴らない。が、まあ、このくらいは言ってやってもいいと思っている。

「勇気があったら、かかってきなさい」

16　久世光彦先生

文学に対しては、
彼なりの流儀を貫き通した。
その魂は常に一途で、
清廉だった。

不良、と呼ばれて生きてきた。

たいがいの場合は「上等だ」と答える。あるいは、そんな姿勢をとる。

しかし、こんな言い方をされたならば、さすがの私も怯《ひる》まざるをえない。


〈……買い被《かぶ》りだとだけは思わない。それくらいには、良い伊集院も、悪い伊集院も知っているつもりだ。——彼の出世作だと言われている「乳房」に収められたいくつかの短篇を読んだとき、こいつは命に線を引いていると思ったのである〉

（講談社文庫『乳房』解説「不良の文学、または作家の死」より）


『寺内貫太郎一家』や『時間ですよ』といった、日本のテレビドラマ史に残る傑作を演出した不世出の演出家・久世光彦《くぜてるひこ》氏が、私の作品に寄せてくれた文章の一部である。

久世さんは、私と太宰治の生き方と作品を並べ、その共通点を、人を振り回しながら生き、書き続ける〈強靭《きょうじん》な弱さ〉であると指摘した。恐れ多くもありがたく、忘れがたい一文であった。

久世さんには、お会いしたときからずっと不良扱いされてきた。

彼が演出し、育ててきた幾人かの女優たちが、その後、私と浅からぬ縁を持ったことが第一の原因だった。久世さんが率いる制作チーム、その番頭格の人間からは「俺たちが大切にしている女優を、あいつは全部持っていくんだ」と揶揄《やゆ》されたこともあった（申し訳ないね）。

しかし、私に言わせれば、久世さんもまたけっこうな不良の魂を宿した人であった。

ある著名人の結婚式でのことである。久世さんと私は、ともに最前列の席に座っていた。

その日、仲人役を務めていた某女史の挨拶が、延びに延びた。すると、退屈した久世さんは、おもむろに懐から煙草を取り出すとためらいもなく火をつけ、ゆったりと燻《くゆ》らせはじめたのである。

禁煙が徹底した現在ほどではないが、上席で、しかも仲人の挨拶中の煙草は、当時としてもそれなりに慎むべきものであった。しかし、悪びれるふうもなく、久世さんは煙を吐き続ける。

ついには、それに気づいた女史が「そろそろやめろ、というご意見もあるようですので……」と、挨拶を打ち切った。この人、なかなかじゃないか――。私は、密かに感じ入った。

広告業界とテレビ業界、畑違いということもあり、久世さんとは時折食事をしたり、酒場で会ったりするくらいだった。仕事をされているときの社交家ぶりとは異なり、プライベートでは寡黙で、非常にシャイなお人柄であった。

しかしその頃から、いや、おそらくもっと以前から、久世さんの胸にはある欲求が燻《くすぶ》っていたのだろう。

それは、「いずれは文学をやりたい」という思いである。

実際、久世さんは、五十歳を過ぎてから雑誌等へ散文を書きはじめ、一九九三年には初の長篇小説『一九三四年冬―乱歩』を発表。新人らしからぬ筆力と独特の耽美《たんび》的な世界観で多くの読者を魅了し、翌年には同作で山本周五郎賞を取った。

あれは、『乱歩』を書きはじめていた頃だったのだろうか。

食事の席で、久世さんがふいに真顔になり、私にこんな質問を投げかけた。

「伊集院、会話というのは、どうやって書けばいいんだ?」

普段、仕事であれだけ人の会話を扱っている人が……と、私は少々驚いた。

「どうやって、って、そのまま書いちゃえばいいんじゃないですか?」

とっさにそう返答したら、お前なぁ、と苦笑されたので、確かこんなふうに補ったと思う。

「会話の中に、作品の軸となる大事な言葉を持ってきすぎると、作品がどこか、狭量になる気がしますね。『あ、これが作者の言いたかったことなんだな』と、読者に簡単に見抜かれちゃいますから」

「じゃあ、どんなふうに入れていけばいいんだ？」久世さんは、さらに食い下がる。

「核心がどこにあるかは、なるべくわからないように……会話と会話の間に含まれているのかもしれないなと思わせるように書けばいいんじゃないでしょうか」

そういうものなのか、と、目の前の人は一応は納得したようだった。思えば、「文学に関しては、君が先輩だから」と、久世さんはいつも年下の私を立ててくださっていた。

確かに、読み返した『乱歩』には、会話文が少ないように感じられた。あのとき、もっと気の利いたアドバイスをできればよかったか……と思っても、後の祭りである。もちろん、それを差し引いたとしても、素晴らしい作品であることは間違いない。


久世作品に漂うのは、第一に、品のよさ。それはおそらく、ご自身の育ちからくるものだと思われる。そして、そのノーブルな作品に、私は独特の、何ともいえない魅力的な含羞をも感じるのである。

それは、ある種の屈折から生じたものかもしれない。もともと久世さんの周りには、高い文学的感性を備えた人が多かった。それが彼の、文学者としての開花を遅らせた理由のひとつだった。

東大で大江健三郎と同級であったこと。ＴＢＳで肩を並べたディレクターの鴨下信一もまた、言葉に対する鋭い感覚の持ち主であったこと。そして何より、脚本家として数々の作品でタッグを組んだ故・向田邦子《むこうだくにこ》の作家としての絶対的な存在感が、常に久世さんの目の前にあったことである。

向田邦子と久世さんの、作家としての志向は異なる。しかし、向田作品を覆う、あの香り高い昭和の翳《かげ》りを理解し表現できたのは、久世さんにもそれを感じ取るセンスがあったからに他ならない。向田邦子と仕事をともにしたことは、間違いなく演出家・久世光彦にとっての幸運であった。

一方で、作家としての彼にとっては、もしかしたらそれは皮肉な運命の巡り合わせだったのかもしれない。あれだけの作品を書き上げる才媛が身近にいて、「じゃあ、俺も」と筆をとる勇気を発揮できる男がいるだろうか？

本業では長年、お茶の間向けのエンタテインメントの制作に徹し、私を不良と呼んだ久世さんは、不良となるには品のよすぎる人だった。

そして、文学に対しては、彼なりの流儀を貫き通した。

その魂は常に一途《いちず》で、清廉だった。あの日、食事の席で私に書き方を尋ねたときの、恥じらいをたたえた横顔は、いつまでも記憶の中にまぶしくあり、私に文学者としての初心を取り戻させてくれるのである。

〈不良の伊集院静は、いつ死ぬのだろうか。私はその報せを聞くことがあるのだろうか。やっぱり世の中、歳《とし》の順、私の方が先に行くのだろうか。伊集院が、伊集院の「桜桃」を、「葉桜と魔笛」を、そして「ヴィヨンの妻」を書いて読ませてくれるのなら、私は彼があと何年かで死んでくれたってちっとも構わない。文芸への期待というものは、いつだってそれくらい苛酷であり、熱烈なものなのだ〉（同前より引用）

言ってくれるよなぁ、と思う。そして、何度読み返しても、くすぐったいような思いがこみ上げ、しみじみとうれしくなる。

久世さんは、自身の予感を律儀に遂行し、さっさとこの世を去った。つくづく、不良になりきれない人である。

その何年も前から、久世さんは死を意識しておられたようであった。

九五年からコンスタントに刊行された『マイ・ラスト・ソング』。いまわの際にあなたならどんな曲を聴きたいか、そんな問いかけをテーマにした随筆のシリーズだが、実はこの問いかけを、私にもされたことがあった。

「お前ならどうする？　何の曲にする」久世さんの問いに、私は確かこんなふうに答えた。

「医者が側にいて『あと五分ほどですが、どうします』なんて言われるわけですか？　だいたい、最期だからって、なんだっていうんですかね。聴きたくもないですね、歌なんか」

だから、お前は不良なんだよ——そう言って笑った顔もまた、忘れがたい。

17

伊坂幸太郎先生

極めて普通。極めて平穏。
しかし、生み出す世界は
あんなにもダイナミック。

文士、と聞いて思い浮かべるイメージとは、どんなものだろうか。

不良。無頼。反骨の人。不健康。社会の半端者。火宅《かたく》の人。

そうした文士が文壇を賑わせた時代が確かにあったし、そもそも物書きならば誰しもある程度、そのような要素を備えているのだろうとも思う。

しかし、このいわゆる「文士らしい」作家というものは、今はもはや絶滅危惧種なのかもしれない。私にそう思わせた、ひとりの若い作家の話をする。

伊坂幸太郎《いさかこうたろう》君である。

言わずと知れたエンタメ小説の旗手で、現代屈指の人気作家である彼とは、お互いに住まいのある仙台で知り合った。地元の新聞社が主催した東北の作家たちの会合に、頼まれて家内とともに出席していた私の眼の前に座っていたのが、彼だったのである。

その姿を一見して、「ああ、これはきっと新聞社の文芸部の記者だな」と思った。あるいは、東北大学の文学研究会の学生かもしれないと。それほどに若々しく作家然としていない彼が、あの伊坂幸太郎であると聞かされたとき、思わず「えっ？」と声を上げてしまった。

「君、どうして散髪に行かないの」

私は尋ねた。著書における彼の近影などをご覧いただくと一目瞭然だが、彼はたいへんラフな髪形をしている。

「あのぅ、昨日行ってきたばかりなんですが」

彼は驚いていたが、私も驚いた。

そのあと彼は、私も知っている新聞社の記者と、時計なのか何なのか、とにかく何かのグッズのことで一時間近くも話し込んでいた。そんな無駄話（失礼）でどうしてそんなに盛り上がれるんだ？　と、不思議でならなかった。

しかし、泣く子も黙る人気作家でありながら、礼儀正しく、姿勢は謙虚。話していると、根のしっかりした人間なのだということがよくわかる。実に好ましいこの青年作家と、私はその後も折に触れ、やりとりをするようになった。


たとえば「こういう資料は、仙台ではどこへ行けば見られるんだい？」と私が尋ねると、「ああ、それなら市立（図書館）より県立がいいですね」というふうに彼は答える。大学時代から仙台で暮らしている彼は、街の情報に通じているので、何かにつけてその知恵に頼っている。

「いつもありがとう。その代わり、何か人生で困ったことが起きたら私に言いなさい」

あるときそう言ったら、「ええっ！　本当ですか」と彼は言った。彼は私が何か言うたびに、いつもひどく驚くのだ。

「出版社から借りた金は、返さなくていいんだよ」

「ええっ！　本当ですか」

「本当だよ。死んでしまえば、もう取り立てには来ないさ」

「ええっ！」


だが、本当にびっくりしているのは、私のほうである。

彼は、とにかく、私が見たことも会ったこともないタイプの作家だった。

まず、その生活ぶりである。聞くところによると、彼は毎朝早起きをすると、パソコンを携えて家を出て、街のコーヒーショップへ行く。その片隅で、人の中に紛れながら小説を書いているというのである。

そんなの普通じゃないか、って？

悪いがね、私は、作家というものは、人々が寝静まった夜中に命を削るようにして小説を書いて、朝寝して、夕方までまた書いたら夜の街へ出かけて、一流の小料理店で飯を食って、それから一流のクラブへ行って美しい女性たちと語らうというのが普通だと思っているのだよ。

なのに、伊坂君は、そうしたものとまったく関わりがない。彼はどうやら、私が生き、信じてきた世界とは、ぜんぜん違う別の場所で生きているようなのだ。

あの髪形、ラフな格好で、彼は日中、賑わうコーヒーショップのテーブルでパソコンに向かう。夜になれば勤め人のようにきちんと家に帰り、家族と団欒《だんらん》のときを過ごす。かつての文士のイメージとは無縁の文学者が現れたということに、私は心底驚かされたのである。

極めて普通。極めて平穏。

そうでありながら、彼が生み出す世界は、あんなにもダイナミックで、躍動的だ。多くの物語の主人公は、どこか彼の面影を宿した、ごく平凡な青年。その男が、ある日突然、災難に巻き込まれる。ときにそれは、国を揺るがすような一大事だったりもする。

窮地に次ぐ窮地を、飛び跳ねるように彼は生きて、生き抜いていく。独特の世界観と、読む人を惹《ひ》きつけて離さないタフな物語の展開に、私は何度となく、ミヒャエル・エンデの名作『モモ』を想起した。

会話体を多く盛り込んだ、作品のテンポも素晴らしい。そして、愛読者ならすでにお気づきだと思うが、彼の小説を紙の上（画面の上でも同じだが）で見ると、行数や文字数が「わざとやっているのか？」と思うほどに、きちんと揃っているのである。

本当に、小説が好きなんだな。

テーマより技巧より何より、彼の小説を読んでいて胸打たれるのは、そうした思いを行間からひしひしと感じる瞬間があるからだ。

だから彼には、賞という冠など必要ないのだと思う。

ずばり書くが、彼が何度か候補になった直木賞について、私は彼に「もらっておいたほうがいいぞ」と言ったことがある。

「先生は、何回落ちたんですか」

その時点で、すでに落選を重ねていた彼が尋ねたので、私は答えた。

「ばかもん。あんなものは、一回で取らないとだめだ」

「ええっ！」

のちに、彼は執筆に専念するため、候補になることを辞退した。それには私も賛成した。

もういい。君のやっていることは間違っていないし、自信を持っていい――心からそう思った。彼には彼の世界がある。何より、彼には次の作品を心待ちにする多くの読者がいる。

一作一作、小説を書き上げるたび、彼は新しい世界を創り出す。そしてそれが、伊坂幸太郎という作家の肖像を、より広く、彫りの深いものに構築していく。その意味で、彼はすでにして直木三十五《さんじゆうご》であり、山本周五郎なのだ。

長い作家人生には、いろんなことが起こる。我々は、ともにあの大震災を乗り越えて仙台に住み続けている。そうして彼は、今日も、おそらく明日も早起きをして、いつもの場所で小説を書き続けている。

作品を読むたび、この世界は私には書けまいなぁ、と思う。もしかしたら、私もああいう髪形をして、毎日早起きをして、コーヒーショップへ行って原稿用紙を広げれば、書けるのかもしれないが……（その前に、コーヒーショップの店員とひと悶着《もんちゃく》やらかしそうだ）。

いやいや、今さらこの人生をやり直すことはできない。彼が彼であるように、私は私なのである。

年齢も、作家になるまでの人生の道のりもまったく異なるけれど、小説を書く者同士としての伊坂幸太郎の、しなやかで強靭な腕力に、私は敬意を抱いている。

18 黒田清先生

徹頭徹尾、
人に寄り添い続けた
町場の言論人。
こんな人、なかなかいない。

もしも生まれ変わったら、あなたは誰になりたいか？

いろんなところで、よく尋ねられる質問である。答えるのが男性ならば、歴史上の偉人の名を挙げる人が多い。織田信長だ、ナポレオンだ、徳川家康だ、いやいや坂本龍馬だ、等々。

そんな中で、「自分は、伊集院静になりたい」と言った人がいる、という話を聞いた。ある雑誌の企画での回答だという。伝え聞いた答えは、おおよそこんなふうだ。

「酒を飲むなら、どこまでも飲む。ギャンブルをやらせると、とにかく強いらしい。学生時代はベースボールのヒーロー。おまけに女は女優ふたりや。そうして、私がいつかなりたいと思っていた小説家に、コロッとなってもうた。そんな人間が、この世におるンかいな？」

どうせろくなヤツじゃないだろう、と反射的に思った。が、それは誰だと尋ねると、意外な人の名が返ってきた。

黒田清《くろだきよし》？

って、あの黒田清のことか？

反権力、反差別、革新の姿勢を貫くジャーナリズムの雄。読売新聞社会部在籍中には、大阪府警を向こうに回して一大キャンペーンを張り、警官汚職の闇を暴いた。あの、通称「黒田軍団」の総帥が私のようなものになりたい、だと？

これは、会って確かめねばなるまい——黒田軍団で氏の薫陶を受けたひとりであり、旧知の間柄だった大谷昭宏を通して渡りをつけ、私は大阪へ向かった。

当時、黒田さんは自ら設立したジャーナリスト集団「黒田ジャーナル」を拠点に、放送、出版など幅広いジャンルで言論活動を行っていた。


「ほぉ、ほんまにおったんやな」

開口一番、黒田さんは私に言い、「噂通り、大きい体してんなぁ」などと無邪気そうに感嘆の声を上げた。その笑顔は、日々、権力の横暴や世の欺瞞《ぎまん》と闘うジャーナリストとは思えぬほど、柔和で人懐っこかった。

そのまま、繁華街にある黒田さん行きつけの居酒屋をハシゴし、朝まで酒を飲んだ。くつろいだ雰囲気の中、初対面ということを感じさせないほど、私たちは打ち解けて話をした。

他愛もない世間話がおもだったが、少年時代から打ち込んでいた野球の話になると、その顔は紅潮した。

在阪の野球チーム（それが阪神タイガースであったか、南海ホークスであったかは思い出せないのだが）のことを、「ようへこたれるから、贔屓せなあかんのや」とおっしゃっていたことが、とくに印象に残っている。元読売の看板記者でありながら、連戦連勝を尊ぶ巨人ファンとはまったく異なり、いかにも反体制の人情派らしい。

まるであの人みたいだな……と思った。私が思い浮かべたのは、いねむり先生こと色川武大である。顔の大きなところ、汗っかきなところ、そして、人を包み込む大らかな気配が、実に共通していた。

その後、東京と大阪、本拠地は離れていたが、私は黒田さんを、そしておそらく黒田さんも私を、常に気にかけていたと思う。

黒田ジャーナルから発信される記事や意見を、私がコラムで取り上げると、黒田さんも私の著作や雑誌の連載から何かを拾い上げてくださる。距離の離れた会話をするような関係が、ずっと続いた。

ジャーナリストとしての黒田清は、決して強い論をまくし立てるタイプではない。それなのに、主張は非常に理路整然として、かつ首尾一貫している。どうしてああいう話し方ができるのだろう？　一読者、一視聴者としての私は、ずっと不思議に思っていた。

しかし、ご本人に会って話してみて、その謎は解けた。彼は、相手のどんな話でも、一旦、聞いて受け入れるのだ。頭ごなしに否定したり、拒絶したりということがなく、「うん、うん。そうやな。あんたの言うとおりやな」と、必ず受け止めてくれる。そうしてから、ゆっくりと自分の意見を語り出す。

こんなふうにも言っておられた。ものごとには、賛成意見が三つあれば、反対も同じ数だけある。そして、そのどちらでもない曖昧な判断をする人が、十人の中に四人いる。その、どっちつかずの四人を、どう自分の味方にしていくかが言論の基本なのだ、と。

味方にするためには、相手の話を聞かねば始まらない。黒田さんの寛容は武器でもあったのだろうと、今、こうして自分がなんらかものを言う立場に立ってみても、強く感じる。

人柄は、至極寛容。しかし、仕事は厳しかったと、黒田軍団で仕事をした人々は言っていた。「いい加減な表現をしたらあかん」と、みっちり原稿を添削され、指導を受けたらしい。当時はまだ生きていた、古きよき時代のジャーナリスト魂を、篤《あつ》い人情で包んだ人だった。

実は私は、黒田さんを小説に登場させたことがあった。自分の幼年期、少年期、青春期を振り返りつつ書いた『海峡』三部作の一編、『岬へ』の終盤に登場する人物で、主人公に世の中の大きさを教え、清濁併せ呑む大人の器量を示した、新聞記者の白井である。

子どもの頃、こんな大人が傍にいてくれたら……と誰もが思うに違いない大人として、当時執筆中だった作品に、私は彼の姿を書き込んだ。

「身にあまる光栄です」と、出版された本を受け取った黒田さんはおっしゃったが、おそらく私は出会った頃から、心の中で彼のことを父とも兄とも慕うようになっていたのだろう。

少なくとも、なにかものごとが起こると、「あの人なら、どう考えるだろうか」と思い浮かべる人のひとりが、私にとっては黒田清であった。


そんな黒田さんが、病に倒れた。

私に知らされた頃には、病状はかなり悪化していて、連絡をくれた娘さんは、一度父の病院へ電話をいただけないかと私に告げた。

すぐに電話をした。すると黒田さんご本人が電話口に出て、「シズカちゃん、ちょっとだけ会いに来てくれへんかな」と言った。

すぐに行った。黒田さんは衰弱されてはいたが、笑顔は、居酒屋で向かい合ったときのままだった。

「よう来てくれたなぁ。あんたにひとつ、頼みごとがあんのや」

「なんでしょうか」

「あそこの冷蔵庫に、缶ビールがひとつだけ入っとるよってに、それを目の前で、キューッと飲んでほしいんや。それだけや」

場は病院である。いくら私でもそれは、と固辞すると、「あんたに病院も何もないやろ」と、弱々しく笑われた。

缶を手に取り、私は言われた通り、一気に飲み干した。それを見た黒田さんは、長い溜息をついて、満足げに「ああ、これでええわ」と漏らした。

もしも生まれ変わったら——いや、生まれ変わる前のあのとき、確かに黒田さんは私で、私は黒田さんだった。ひと月後、黒田さんは、還《かえ》らぬ人になった。


連れていく飲み屋を見ればその人の人となりがわかる、というのは、常日頃から私が実践する人物鑑定法であるが、初めて会った夜、黒田さんが足を運んだのは、どこも同じような人たちが集う、雰囲気のよく似た店だった。

そのことを思い出したのは、黒田さんの葬儀の日だった。葬儀当日、黒田さんに別れを告げようと集まった多くの人々は、たちまち寺の門から溢れ、外まで延々と列をなした。

多くはマスコミ関係者ではなく、一般の人々だった。スナックで見かけた顔、居酒屋の店員、ややアウトロー気味な男たち。この街に普通に生きている老若男女が、精鋭の記者軍団を率いる大ジャーナリストというだけでない、ただのひとりの黒田清という男を、心から悼んでいた。

最高の葬式だな、と、私は思った。

言論の手法。寛容であること。黒田さんが私に教えてくれたことは数々あったが、去り際にもこんな見事な姿を見せてくれた。徹頭徹尾、人に寄り添い続けた、町場の言論人。こんな人は、なかなかいない。とくに、今の時代には、望むべくもない。

もしも生まれ変わったら、私は誰になりたいだろうか？

あの人懐っこい笑顔を思い出しながら、そんなことを考えてみた。

そもそも私には、長らく、この世に生まれ変わりたいなどという存念がなかった。生まれ変わっていったい何になるのだ、と。しかし、少しばかり長く生きてきて、そんな気持ちにも変化が生じつつある。

だが、やはり思いつかない。とっさに浮かんだものといえば、先だって、仙台の家で騒動を巻き起こした一匹のゴキブリであった。

スリッパを振りかざした家内に追われ、私の部屋に逃げ込んできた、見たこともないほど大きなゴキブリ。あれはもしかしたら、数百年後に転生した私の姿かもしれない——そんな話をしたら、黒田さんは、またあの笑顔を見せてくださるだろうか。

19 本田靖春先生

自立し、自律を忘れない、
魂を持った
ジャーナリストがいた。

新聞記者は、格好いい。

そう刷り込まれたのは、子どもの頃だった。

西鉄ライオンズの試合を観戦しに平和台野球場を訪れたとき、少年の私は、魔術師と呼ばれた名監督、三原脩《みはらおさむ》を取り囲む、コート姿の男たちの一群を目にした。

圧倒的なオーラを放つあの三原を前に、少しも怯むことなく（と、少年の目には映った）対峙《たいじ》し、「ふむふむ」「なるほど」と、話を聞きながら鋭く質問を投げかける。

ほほぅ、彼らはあの三原と対等なんだな……と、生意気にも感心した私は、その後も長く新聞記者に対し、ある種の憧れを抱いてきた。

そんな私の記者像を具現化したような存在が、ジャーナリスト、本田靖春《ほんだやすはる》だった。

はじめての邂逅《かいこう》は、私が色川武大さんと訪れていた府中競馬場でのことだったが、その瞬間を私は覚えていない。覚えていたのは本田さんのほうで、その夜、とある酒場で、ギャンブルを通じて旧知の仲であった色川さんから紹介され挨拶をした私に、「いや、今日何度もお見かけして、わかっていました」と、彼は言った。

根っからの記者なんだな、この人は――。

やや傾いた、独特の体勢と歩き方。静かな佇まいながら、眼光は極めて鋭い。羽織っていたよれよれのコートは、少年の日、グラウンドの上にいた、あの新聞記者たちを彷《ほう》彿《ふつ》とさせた。

前項の黒田清さんと同じ、読売新聞社出身。現役時代は「西の黒田、東の本田」と並び称された、社会部の看板記者だった。

貧困者による売血の実態を世に問うた「黄色い血」追放キャンペーンなど、社会に与えた影響も大きかった彼は、外国での勤務ののち退社し、お会いした当時は、すでにフリーランスのジャーナリストとして名を成していた。

その夜、酒場では、レースで大当たりしたという某作家が陽気にはしゃいでいたのだが、本田さんはその様子を一瞥して、「おいおい、作家が小銭を見せるなよ」とつぶやいた。そして、コートの懐を探り、厚みのある札束をちらりと見せて、私に言ったのだ。

「勝ったっていうのは、こういうことだよ」

競馬に通じ、麻雀も強かった本田さんだが、優れていたのはその慧眼《けいがん》と記憶力であったと、私は思う。

三分先にどの馬が先頭を走っているか。三秒後に偶数が出るか、奇数が出るか。それを見抜く目のよさと根拠になる記憶のストック力。ギャンブルの才能とは、煎じ詰めると、まさにその二点なのだ。

本田さんのそれが天賦の才であったのか、記者時代に磨かれたものなのかはわからなかったが、とにかく優れたものをお持ちだったことは確かである。

その後、ご本人に会った機会は、パーティーの席上など回数にすれば数えるほどで、ほとんどがすれ違う程度であった。

お互い、社交嫌いは共通であったらしく、そうした場への出席は珍しいことであったのだが、出会うとなぜか必ず目が合った。そして一回一回の印象は、刺さるように鮮烈だった。


記者として、またノンフィクション作家としての本田さんの視点の確かさと筆力は、もちろん疑いようのないものであった。

最盛期の力道山をもねじ伏せたという伝説のアウトロー、花形敬《はながたけい》の実像に迫った『疵《きず》　花形敬とその時代』。オリンピック開催に沸く東京で起こった誘拐事件から、拭い去れない戦後の闇をあぶり出した『誘拐』。ある汚職事件報道を巡り、名誉毀損で訴追された記者の逮捕劇を緻密に追った『不当逮捕』。

深く鋭く社会に切り込んだ傑作の数々は、上梓されてから三十年以上を経た現在も新たな読者を増やしている。

また、豊富な海外渡航経験から綴られた『ニューヨークの日本人』『消えゆくオリエント急行』などの異文化論や旅行記では、ノンフィクション作品とはまた違った、洒脱な一面が窺えるのも興味深い。

そして、彼が生涯を通じて書き続けたテーマのひとつが、日本と朝鮮民族との間の諸問題であった。

劇場型犯罪として世間に衝撃を与えた一九六八年の金嬉老《きんきろう》事件をモチーフに、在日朝鮮人差別の問題を浮き彫りにした『私戦』をはじめ、『私のなかの朝鮮人』『私たちのオモニ』などの著作を、私も興味深く読ませていただいた。

〈朝鮮総督府の下僚の家庭に生まれた私は、敗戦で支配層の末端から無一物の被征服者へと転げ落ちたことによって、たしかな痛苦を自分のものにすることが出来た。私をして新聞記者の職を選ばせたのは、そうした少年期の敗戦体験である〉

（『私戦』あとがきより）

本田さんは、戦時中の一九三三年、植民二世として旧朝鮮の京城《けいじょう》（現在の韓国、ソウル）に生まれた。戦後、十代で引き揚げるまで育ったその国と、その国を祖国とする人々にひとかたならぬシンパシーを寄せていたことは、想像に難くない。

しかし、それでも本田さんの筆致は、熱くはあるものの決して情に流されていなかった。

通常、日本人が在日朝鮮人を巡る問題について書くとき、日本（人）側に差別という落度があったということを踏まえての書き方になり、いきおい、卑屈にもなりがちなのであるが、彼の著作は、その立ち位置が実にニュートラルなのである。

見上げるでもなく見下げるでもなく、その存在が身近にあるということを、ごく当たり前にわきまえているといった視線で、本田さんは異郷の隣人の姿を見つめている。

差別と貧窮から事件を起こした金嬉老に対しても、決して同情一方でないことが、その顕著な例であろう。虐げられてきた成育歴に深く心を寄せつつも、犯罪は犯罪としてきちんと断じ、そのうえで日本と日本人側の問題点を指摘している。

本田さんは、薄っぺらい正義を振りかざさない。世間が一面的に見がちなものも、必ず重層的に捉え、分析してみせる。視線の奥で、「根っからの記者」魂が燃えているのが感じられる。

公平、平等な人なのだと思った。そして、熱い人なんだな、とも。その冷静さと情熱とは、読み手として、そして、やはりかの国にルーツを持つひとりの人間としての私に、強く響いた。

また、本田さんは、群衆の中での在り方というものを、私に示してくれた人であった。その硬骨さから、読者のみならず、編集者にも記者にもファンの多い本田さんだったが、大勢の人の中にいても、彼はいつもひとり毅然《きぜん》と立っていた。

そういう意味では、黒田軍団を率いていた黒田さんとは好対照だったといえるだろう。おふたりは、ライバル同士ではあったが、それぞれ異なるスタンスを取っていても仲はよかったと聞いている。

人を寄せ付けない人ではなかった、と思う。まだ若造であった私のことにしても、「色川先生の後を継ぐのは、あの人じゃないか」と評してくださっていたと、人づてに聞いたことがある。

しかし、群れない。つるまない。孤高という言葉があれほど似合う人も、今はあるまい。そんなわけで、私が思い出す本田さんの姿は、いつも、たったひとりきりでいる姿である。

体をやや傾ける独特の歩き方で、肩で風を切りながら、彼は向こうから歩いてくる。あるいは、パーティーの喧騒の中で、静かにオーラを放っている。よれよれのコート姿。それでも、その目はしっかりとこちらを見据え、奥底を見抜こうとするように鋭く光っている。

昭和には、まだそんな新聞記者がいたのだ。自立し、自律を忘れない、魂を持ったジャーナリストが。

「友」という先生

20　ビートたけし先生

下町の濃密な人間関係の中で
育った人の
情の篤さと深い優しさが、
心の底に流れている。

格好いい、と褒めてもらえるのはうれしい。

けれども、誰にでも、というわけではない。

「お前に言われたくない」という相手もいるのである。

しかし、この人に言われたのは、正直なところたいへん光栄であり、うれしかった。

ビートたけし、そして世界の北野武《きたのたけし》、その人である。

直接聞いたわけではないのだが、先日、とある番組で、たけしさんが「親分だと思う人はいるか」と問われて、「親分ではないけれど、この人好きだな、格好いいなと思う人がいる」と言い、私の名前を挙げてくださったという。

そして、そう思うきっかけになった出来事を、彼は話したらしい。

それは、私と彼が出会って間もない頃のことで、私も記憶している一件であった。


かれこれ、四十年近く前になるだろうか。まだCMディレクターをしていた時代に、私はある草野球チームに助っ人を頼まれ、出かけていったことがあった。

同じく、そこに駆り出されていたのが、漫才コンビ、ツービートでデビューしたばかりのたけしさんであった。

正確には、初対面ではなかった。そのほんの少し前に、共通の知人の家で私たちは会っていたのだ。

シャイな人だな、というのが第一印象だった。その年、コマーシャルで賞をもらっていた私の経歴に触れて彼はぽそりと「俺もいつか出世して、伊集院さんに撮ってもらえるようになりたいな」と言っていた。

それから数日経っての、野球場での再会であった。

私はピッチャーを引き受け、彼はショートかサードを守ることになっていた。

へえ、野球をやるのか。そう思った次の瞬間、ユニフォーム姿の彼を見て、私には閃《ひらめ》くものがあった。

この人、絶対に「うまい」ぞ。

予感は、的中した。

持ち場へ転がったボールのすべてを、彼は実に的確にさばいた。どんなイレギュラーなバウンドも、絶対に逃すことがなかった。おそらく、球技に対する生まれながらのセンスがあり、それが相当な数の実戦で鍛え抜かれたという印象の守備だった。

でこぼこした下町の原っぱの野球場で、日が暮れるまでボールを追っていたであろう少年の日の姿が、たけしさんの構えに重なった。舌を巻くのと同時に、やはり同じように少年時代を過ごしてきた同世代の私の胸を熱くさせたのだった。

たけしさんは、私とは少々違う感慨を抱いたようだった。

その日、私は相手チームのあるバッターにホームランを打たれた。甲子園にも出場したという、勢いのあるスラッガーだった。

ドンマイ、ドンマイ。打たれたピッチャーを、内野手たちはまず励ます。たけしさんも私に声をかけたらしいが、そのとき、私は悔しがるでもなく、こう言ったのだという。

「あいつ、これからしばらく、今日のバッティングを思い出して、うまい酒が飲めるんだろうな」

正直、この台詞は覚えていなかった。だが、たけしさんは四十年も前に私が言ったことを覚えていたのだ。私が彼に下町の野球少年像を重ねたように、彼も私に何か、自分に通じるものを感じ取ってくれたからだろうか。

本人に確かめる機会は、今もってない。お互いに忙しく仕事をしていることもあって、私たちが会う機会はほとんどないのだ。会ったとしても、それはゴルフ場での挨拶であったり、酒場での立ち話であったりと、すれ違う程度のことである。

しかし、あの野球場以降の四十年間、彼はなぜか私のことを気にかけてくれているようだ。

これも伝聞だが、あるとき、彼のラジオ番組で「今、なぜかモテている女たらし」という話題が持ち上がった。俳優や業界人の中から、女の噂が絶えない男たちを取り上げ、それを片っ端から斬っていくという企画である。

幾人かの男たちに続いて、私の名が挙がった。

女性たちとの艶聞がマスコミに取り沙汰されていた私は、この種のネタで槍玉《やりだま》に挙げられるのには慣れていた。だから、何を言われてもとくに腹も立たないのだが、たけしさんはなぜかそのとき、「あ、この人はね、実は男っぽくてすごくいい人なんだ」と言ってくれたそうなのである。

娯楽番組なのだから、適当にしゃべって人を笑わせておけばいいのだ。それなのに、なぜか彼は、わざわざ私を擁護した。

すごくいい人なんだ。そのひと言はその頃、新聞を広げても雑誌を開いても叩かれ通しだった私の日常にともった、小さな灯《あか》りだった。

また、私の前妻が突然の病に倒れたときに、窮地を救ってもらったこともあった。

その頃、大学野球部の同郷の先輩から、町興しのイベントにタレントを呼んでほしいと依頼されていた。しかし、妻の発病以降、私は心身ともにとても仕事のできる状況ではなかった。

追い込まれた私は、厚かましくも、さほど親しくもない間柄のたけしさんに無理を承知で出演を頼んだ。

彼は、二つ返事で引き受けてくれた。そして、現地で起こったさまざまな面倒にも対処してくれたうえ、私には愚痴ひとつこぼさなかった。

下町の濃密な人間関係の中で育った人の、情の篤さゆえだろうか。通りすがりのような人間にすら惜しまない深い優しさが、彼の心の底には流れているように思う。

仕事で成功し、周りにたくさん人が集まってくるようになっても、彼はきっと、こうした目に見えない人助けを、今もどこかでしているのだろう。私によくしてくれたということだけでなく、人間として立派な姿勢だと、大いに学ばせてもらっている。

優しさは、ときに諸刃《もろは》の剣《つるぎ》になる。

それが、あの写真週刊誌との一件だったのではないかと私は思う。

もちろん、暴力に訴えたという手段の非はある。しかし、あの一件について聞いたときの私の感慨は、誤解を恐れずに言えば「彼は、男の中の男だったんだ」というものだった。

自分にとって大切な存在を傷つける者たちを、絶対に許さない。許したくない。その思いを、誰が止められようか。彼は、自らも傷つく覚悟で剣をふるったのだ。

世間からは眉を顰《ひそ》められるかもしれないが、あのことは彼にとっては勲章でしかないと今も固く信じているし、人として何が大切なのかをその身をもって教えてくれたと思っている。

相応の償いとさまざまなアクシデントを経て時は過ぎ、彼は映画監督として、またクリエーターとして評価され、外国から本物の勲章を受ける存在になった。

それでも、相変わらずテレビやラジオに出ると、サービスたっぷりに笑いを振りまく。その気安さもまた、下町育ちならではのものであろう。

私は実は、彼の文章による作品に表れる、繊細な感覚を愛する者のひとりである。

少年時代の回想録『たけしくん、ハイ!』や、小説集『あのひと』など、数は多くないが、彼の創作やエッセイにおける独特のペーソスには、他者にはない滋味がある。

机に向かい、コツコツと文章を綴る作業は彼の肌には馴染まなかったのかもしれないが、いつかまた、作品を読ませてもらえればと思う。


それにしても、やはり私は褒められすぎのような気がする。

だから、いつかお返しをしなくてはと機会を窺っているのだが、彼はなかなか尻尾をつかませてくれない。

そんなところへ、映画『龍三《りゅうぞう》と七人の子分たち』(二〇一五年公開)が動員数百万人を突破したとの報が入った。即座に、花を贈るために連絡を入れた。が、遠慮させてほしいと、これまた人づてに丁重に断られてしまった。

曰く、「他の人ならいいけど、伊集院さんからのは照れくさいや」とのこと。
また借りが増えてしまったと、密かに歯ぎしりをしている。

21 高倉健先生

男の情の示し方、そして、
礼節はこう保つべきという
手本のようなその生き方。
すべてが風情のよい方だった。

父の命日が来た。

ずいぶん時間が経ったものだと、毎年、思う。

しかし、あの年の命日は、いつもの年と少し違っていた。

命日になると、防府の実家には毎年、ある人から花と線香が届いていた。それが、その年はなかった。

送り主の「ある人」とは、名優・高倉健《たかくらけん》。あの〝健さん〟である。

そうか、高倉さんは本当に亡くなったんだ――そんなことを思って、しんみりした。


海岸沿いのホテルの一室に、男が入ってくる。

初めて会うのに、見覚えのある立ち姿である。

見覚えているのは、それが、スクリーンのなかにいるときと寸分違《たが》わない姿であるからだ。

「はじめまして。高倉健です」

俳優、高倉健は、高倉健そのものとして私の前に立ち、礼儀正しく挨拶をした。

今から三十数年前になるが、私と高倉さんとの出会いの場面は、こんなふうであった。

それ以前から、高倉さんは知人を通じて、私にある仕事を依頼してくださっていた。

ご自身が主演する映画のシナリオである。

直筆の手紙も頂戴していた。自分のような者のためにお願いをするのは恐縮ですが、あなたにお願いできるのならうれしいことです――そう綴られた美しい筆跡の文面を、幾度も眺めた。

眺めながら、私は幾本かの物語に取り組んだ。

その一本が、のちに小説となった『機関車先生』である。体が大きく、口のきけない、しかし心には溢れるほどの情熱と愛情をみたした小学校教師の役に、私は高倉さんの姿を重ねていた。

一稿を読んだプロデューサーの感想は、「台詞もなしに、どうするんですか」というものだった。まあ、道理ではある。結局、そのシナリオは高倉健主演作として採用されることはなかった。

別の物語を書くために、中国まで旅をしたこともある。

私は彼に、中国映画の傑作『山の郵便配達』のような物語を書きたいと思っていた。あるいは、絵本の『木を植えた男』のような。何か厳しい状況に置かれながら、それでも君はやるのかというようなシチュエーションが、実に似合う人であるように思えたからだ。

だが旅は、結局、旅のままで終わってしまった。納得のいく作品を書き上げることが、その頃の私にはできなかった。

ご期待に応えることができなかったのに、高倉さんはその後もよく私に目配りをしてくださった。

高倉さんとの名タッグで数々の作品を世に送り出してきた映画監督、降旗康男《ふるはたやすお》さんは、あるとき「彼はあなたの作品を、撮影中にもずっと読んでいましたよ」と教えてくれた。降旗さんだけでなく、他の人からも、伊集院のことを話していたと伝え聞いたことは何度かあった。
一、二度、食事をともにしたこともあった。あるイタリアンレストランで食事をしたときは、私がグラッパが好きだとどこかから聞かれたのか、集められるだけのグラッパをずらりと並べて迎えてくださった。
テーブルを挟んで、何を話したか？

実は、ほとんど話していない。こう見えて、私は会食が得意なほうではない。そうたくさん食べるわけでもないし、酒は飲むし、会話だってそう滑らかにはいかない。

高倉さんも、口は重いほうであった。向き合いながら、私たちはほとんど話らしい話をしなかったのではないだろうか。しかし、不器用な年下の男を相手にしても、高倉さんは穏やかに微笑んでおられた。

運ばれた料理はすべてきれいに平らげ、その場にいる誰に対しても不遜な様子はちらりとも見せなかった。そして、あれだけの量を食しても、その体形はスクリーンで見たときのままを保っていた。

高倉健は、お腹が出ないんだ……。

不埒《ふらち》にも、そんなことを思ったのだった。

背筋は、初めてお目にかかった海辺のホテルのときから、いつでもしゃっきりと伸びていた。

あるとき、私の父が亡くなったことを人づてに知った高倉さんは、それから毎年、命日に必ず花と線香を母あてに届けてくださった。あの大スターが忘れずにいてくださるなんて、と、母は毎年、非常に感激していた。

お礼の手紙を送ると、さらに丁寧な返信が届いた。どこまでも、ザ・高倉健、という振舞いである。

しかし、その様子は、いくばくかの哀しさも私に感じさせた。

筑豊《ちくほう》の炭坑町に生まれた小田剛一《おだたけいち》という青年は、もちろん生まれたときから高倉健であったわけではない。世に作られたイメージとの乖離《かいり》に、人知れず苦しむこともあっただろう。

高倉健像を維持するのに費やされる精神力は、いかばかりのものだっただろうか。だから、没後、あちこちで「知られざる、高倉健の素顔」という類いの逸話が語られるときには、少しばかり目と耳を伏せてしまう。

彼について語るのは、難しい。それは、彼の背負っていたものが大きすぎるからだ。おそらく、生前、本当に親しかった人ほど、高倉健を語ることができないのではないか――そんなふうにすら思う。

その点、私と高倉さんの接点はほんの一瞬のようなものであるから、そう気負うこともないのかもしれないのだが……。


高倉健は、最後まで見事に高倉健を崩さなかった。人に隠れて舌を出すような振舞いをせず、苦労を微塵《みじん》も感じさせず、涼しげな姿を保ち続けた。

男の情の示し方、そして、礼節はこう保つべきという、手本のようなその生き方。見た目はもちろん、その心身から表されるもののすべてが、風情のよい方だった。

もちろん、緊張を解いた姿を見せる場もあるにはあっただろうが、そういう姿を見たがり、話を聞きたがる趣味を、私は持たない。

高倉さんに限らず、私は敬愛する人、とくに男性とは、そう何度も会いたいとは思わないほうである。

あの人は自分よりも格上のいい男だ、と認めた相手の場合、その人を、何事であれ、煩わせるようなことはしたくないという思いがある。

それに、なんとなくだが「一度会えたのだから、それでいい」と満足してしまう。たとえば、眺めのよい場所があってそこへ行く。ああ、いい眺めだ、実にいい場所だなぁ……と堪能できたのなら、また足を運ぼうということにはほとんどならない。

私にとっての高倉健は、私と向き合っていたときの高倉健である。思い出せば、いつでもそこにおられる。

それでいい。それがきっと、人として、男としての教えを示してくれた人に、私ができる唯一の礼節の示し方だし、亡き人も望んでいるように思う。

〝健さん〟で居続けるのは、大変だったでしょうね。

いつか向こうでお会いできたら、彼にそう言ってみようか。そうしたら、あの人は何と答えるだろうか。

22　武豊先生

自分より若い男に、
遊び方を、生き方を、
こんなに鮮やかに教わることが
あるなんて、思いもしなかった。

男は、遅れて現れた私を静かに待っていた。

その間、ずっと正座を崩さなかったということを、同席した人から後で聞かされた。

男の年齢は当時、十九か、ハタチか。背筋の伸びたその姿を見て「たいした青年だ」と思った。その後何回も、彼のことをそう思う瞬間が訪れるのだが、正真正銘、それが最初だった。

稀代の天才騎手・武豊《たけゆたか》と私の出会いである。

おそらく、デビューして間もない頃だったと思う。

彼が桜花賞で勝利したあとの夜のことで、話題には、否応なしにその日の一戦のことが上った。

とにかく、ものすごいレースだった。

阪神競馬場、芝の千六百メートル。武豊の乗った名馬シャダイカグラはその日、大外《おおそと》からの出走だった。

阪神の大外といえば、圧倒的不利は確実。それでも、その日までの彼の戦績と名声から、馬券は売れに売れていた。場内にはちきれんばかりに充満する期待を一身に背負い、彼は出走した。

しかし、出遅れた。それも半端な出遅れではなく、ほぼ最後方であった。

誰もが絶望的な気持ちになった。「誰も」には、もちろん私も含まれる。この頃、京都に住んでいた私は、馬券を太く買っていた。

彼の評判は、東京にいた頃からよく聞いていたし、実際に騎乗の様子も観ていた。名調教師・武田作十郎《たけださくじゅうろう》の秘蔵《ひぞ》っ子。騎手としては不利な、大きな体をしていながら、華麗なモンキー乗りを披露するその姿は、往年のミスター競馬・野平祐二《のひらゆうじ》を想起させた。マスクの甘いところは、父親の武邦彦によく似ていた。

デビューから連戦連勝を重ねる若き天才。しかし、その彼をしても、この日は「いくらなんでも無理だろう」という状況には違いなかった。大変なことになったなと、私は天を仰いだ。

しかし、それを上回る大変なことが起きた。彼は、少しずつ大外から馬を近づけ、最後、頭差で勝利するのである。

嘘だろう、と、目を見開いた。

武は、わざと出遅れたんじゃないか？

レース後、誰もがそう噂した。そんな危ないことをするわけはないと思ったが、あまりに鮮やかな勝ち方に疑念を持つ人々の気持ちが、私にもわからないわけではなかった。

それで、彼に問うた。思えば大胆なことをしたものだが、そのときの彼の返答がこうである。

「それも、ありかもしれないですね」

礼儀正しいうえに、ユーモアまであるじゃないか——その夜、私はいっぺんに彼に魅了された。桜花賞を劇的に飾ったその年、彼はＪＲＡリーディングジョッキーに輝き、名実ともに日本一の騎手へと走り出した。

東京に戻ってからも、彼との付き合いは続いた。

食事をしたり、酒を飲んだり。何度か、競輪に連れていったこともあった。さすがに勝負師らしく、呑み込みが早かった。

勝負師らしさは、ゴルフでも発揮された。

ドッグレッグのコースに出ると、彼は必ずショートカットを試みる。谷を避けるのではなく、危険でも、必ず谷越えを狙うのだ。

「なんで、そんな危ないことをする？」

私がそう尋ねたときの、彼の返答が忘れられない。

「遊びですから。思い切ってやらないと、楽しくありません」

痛快だった。

遊びだから、楽しめ。自分より若い男に、遊び方を、生き方を、こんなに鮮やかに教わることがあるなんて、思いもしなかった。

本当に、たいしたヤツだよ……その日の彼のボールも、軽々と谷を越えていった。そうやって結果を出して、厳しい勝負の世界を生き抜いてきた男の打ち方だった。

もちろん、相当な負けず嫌いであることは、付き合いを重ねるうちによくわかった。

以前、騎乗停止の処分を受けていた彼を誘って、ゴルフ場に長逗留《ながとうりゅう》したことがあった。毎日コースに出て、がむしゃらにクラブを振りながら、「僕は失格じゃない！」と悔しそうに言っていた横顔を覚えている。

ほかにも、海外遠征のこと、プライベートでのことなど、彼に相談事を持ちかけられる機会が何度かあった。

私は話を聞いた。が、ほとんどのことを、彼は自分で決めた。

方針は、いつも明快でシンプルだった。あの日、彼が自ら言ったとおりの「楽しめ」、その一語に尽きる。

そんな彼だから、頼まれると、断ることができなかった。

普段は絶対に引き受けない、結婚式の仲人である。

「君の仲人をしたら、馬券が買えなくなるじゃないか」

半ばやけっぱちでそんな断り方をしたのだが、彼はあの柔和な顔で笑って、こう言ったのだ。

「いいじゃないですか。楽になりますよ」

馬鹿野郎——と言いかけて、私も笑った。大笑いした。

ファンの期待を背に馬にまたがり、毎回、大レースという死線をくぐっている男のユーモアに、しがないギャンブル打ちが敵《かな》うわけがない。

あれから馬券は買わなくなったが、彼の教えは今も胸に刻んでいる。

遊びだから、楽しめ。

それは人生の戦線、そのものの渡り方であろう。

しかしなぁ、武君。いや、武先生。

それでも、今日も机の前に座りながら競輪の実況に一喜一憂してしまう私の性根を、なんとか叩き直してくれないかね？

23　松井秀喜先生

発光している。
静かで、控えめで、
それでいて眩しい、
独特の光り方で。

年若い友人の中で、私にもっとも影響を与えてくれる人間。

それは、やはりヒデキ・マツイ——松井秀喜《まついひでき》君をおいてほかにない。

私が長年の付き合いの中でもっとも感銘を受け、また、人として見習うべきと感じているることを教えよう。

野球選手としてはもちろん、彼は人として、輝かしい男なのである。


まず、彼は誠実である。

はじめて会ったときに聞いたのだが、彼は、中学二年生のある夜、夕飯の席で父上にたしなめられて以来、人の悪口を言っていないという。

本当かと尋ねたところ、まっすぐこちらを見て「本当です」と彼は答えた。疑《うたぐ》り深い私はその後、周りの記者たちに確かめたが、やはり本当に言わないのだという。

誰に対しても礼儀正しく、多少親しくなったからといって、態度を変えるようなことはしない。事実、私と付き合うようになったあとも、彼はこちらのプライベートに踏み込んでくるような言動を、まったくしない。

これだけ長く、濃い付き合いなのだから、会話の途中にジョークでも挟み込んでくればいいものを、彼はまったくそうしない。

軽口のひとつも叩かず、いつも静かに微笑んでいるのが、松井秀喜なのである。

だからといって、人と距離を置いているわけではない。

むしろ、彼はとても親切で、面倒見のいい男である。

野球のことについても、おそらく乞われれば、誰にでも自分のテクニックを伝授するはずだ。

以前、巨人軍のキャンプに指導に行ったときに、彼はこんなことを言っていた。

「『あ、こういうふうに打てばいいんだ』という、ちょっとしたことが、選手はできないだけなんですよ。それを体得できれば、今まで5のうち1くらいしか打てなかったのが、3・5くらい打てるようになって、誰でも野球がぐんと楽しくなる。それを覚えるのに、年月がかかるんです」

打てる打てないは、もちろん選手にとっては死活問題だが、そのニュアンスを「ちょっとしたこと」と表現するのは、いかにも天才らしい。

だが、それは「誰でも」できることだと彼は言う。自分だけが特別なのではないと。

あれだけの才能を持ちながら、常に謙虚。なかなかできないことである。

そういえば、謙虚な彼が一度だけ、その威光を人前で見せた場面がある。

彼が現役時代のある秋、試合を観にニューヨークへ立ち寄ったことがあった。

彼はわざわざ自分で運転をして、私を夕食に連れ出してくれた。すると、駐車場の前で、私たちはしばらく立ち往生するはめになった。その日は、ハロウィンの当日だったのである。

目の前の道路を、カボチャのお化けや魔女や悪魔、その他、ありとあらゆる扮装《ふんそう》をした人々の群れが流れていく。我々は車の中から、その様子をただ眺めるしかなかった。

ふいに、松井君が言った。

「この辺りの人は、おかしな格好をしているんですね。なぜでしょうか」

私は、尋ね返した。

「君……、知らないのか？」

「何をですか」

「ハロウィンだよ」

「何ですか、それは」

私は、野球一筋のこの素朴な青年に、万聖節《ばんせいせつ》の謂《いわ》れから説明した。しばらくそれを聞き、彼は素直に納得した様子で微笑んだ。

「なるほど。だから皆、カボチャを被っているんですね」

しかし、行列は絶えない。外に出て警備の者に尋ねたところ、あと一時間か二時間はかかるという。このままではディナータイムが終わってしまうな、と思っていたところ、ふいに彼が車外に出た。警備員に何やら話しかけている。

するとさっきは冷淡だった警備員が、急に笛を吹いて道を作りはじめた。みるみるうちにカラフルな人の波がせき止められ、いつの間にか、私たちの車の前の視界が開けた。

「君、何をしたんだ?」と私。

「別に。『ちょっと通してもらえますか』とお願いしただけです」

彼は、車をしずしずと前に進めた。警備員は、「マツイが通るぞ！　あのマツイが！」と興奮した様子で連呼していた。ヤンキースのスター選手の威光を目《ま》の当たりにした瞬間だった。

礼儀正しく、謙虚で、いつも私の言うことに真摯に耳を傾けてくれる松井君が一度だけ、私の言うことをきいてくれなかったことがある。

二〇一二年末、引退を決めたときである。

「今から六時間後に、引退の記者会見をします」

彼から電話がかかってきたのは、その当日。発表は日本時間で十二月二十八日の朝で、私が受話器を取ったのは真夜中だった。

「だめだ」

私は即座に言った。松井君は黙っていた。

なぜか。引退はまだ時期尚早だと、私は思っていた。引退を決めるのは、誰と戦っても勝ってみせるという気力がなくなったとき。松井君からは、まだその気力は失《う》せていないと感じられた。

そして何より、私自身が彼の引退を踏《ふ》み止《とど》まらせたかった。バッターボックスに立つ彼に宿る光を、見続けていたかったからだ。あのエレガントなフォームを、華麗なバッティングを、もう見られなくなる——それは、友人としても、一ファンとしても堪えがたいことだったのだ。

「とにかく、引退という言葉を使うのはやめなさい。そして、家族とももう一度相談しなさい」

続ける私に、松井君は「はい」とだけ答えて、通話を終えた。

数時間後、引退会見は、予定どおり始まった。私はテレビの生中継で、その様子を見守った。

あとで聞くと、このとき、もう彼の中で答えは出ていたらしい。番記者の取材によると前日、彼の部屋から、野球にまつわるすべてのものがきれいさっぱり姿を消していたという。

これは、彼にしかできないことである。三十年近くバットを振り続けた男が、心を決め、自分の道具を片付け、始末をつけたのだ。

そのときの心情を思うと、今も胸が痛む。そして、その心情を思いやれなかった自分のふがいなさを情けなく思う。

何にせよ、男がこれと決めたことを、簡単に否定してはいけないのだということを、私は教えられた。しかも、あれだけ謙虚で慎重な男の決めたことであれば、敬意を持って受け止めるしかないのだと。

俺も、まだまだだな……。松井秀喜の現役選手としての幕引きは、私にとっても大きなものを胸に刻まれる一件となった。

しかし、光は消えなかった。

引退後の彼は、帰国してのち、恩師であるミスター・長嶋茂雄さんとともに国民栄誉賞を受け、熱狂的に迎えられた。

そして、古巣となったヤンキースからもオファーを受け、選手の指導に携わることになった。日本人メジャーリーガーが誕生して久しいが、引退ののち現役選手を指導しているのは、彼くらいではないだろうか。日本の野球史上、まさに夢のようなことが、引退後も彼の周りでは起こり続けている。

これがオーラの力というものなんだろうな、と私は思う。

彼を取り巻くのは、まさにスターのオーラ。大勢の人がいる中でも、松井君がどこにいるかはすぐにわかる。常にスポットライトが当たっているということもあるが、それ以上に、彼自身が発光しているのだ。静かで、控えめで、それでいて眩《まぶ》しい、独特の光り方で。


現在はヤンキースのゼネラルマネージャーの特別アドバイザーを務め、また少年少女に野球を普及するＮＰＯを設立し、アメリカで子どもたちへの野球指導を始めるなど、精力的に活動している彼。

その光は、やがて再び日本球界を照らす光となるだろうと、私は期待している。

かつて長嶋さんが彼に手渡したものを、彼が受け継ぎ、さらに自分の経験で得たものを合わせて、新しい世代の逸材に受け渡す。そうして、日本のプロ野球がさらに発展していく未来は、もうすぐそこに来ている。

松井君、まだまだ出番は続くぞ。

24　セシル先生

完璧な彼女の前で、
私も完璧な客であろうと
心がけた。

ホテル暮らしを始めたのは、二十七歳のときだった。

のちに小説にも書いた、神奈川県逗子市の海辺にあったなぎさホテルを振り出しに、かれこれ四十年以上の歳月の半分を、私はホテルで過ごしている。今も昔も、流浪の民である。

そのホテルでの暮らし方を、私に教えてくれた人がいた。名前はセシル。フランスで出会った、とびきりの手腕を持ったホテルウーマンである。

「私のホテルにゲストが来てくれるのは、パリという街が、何度も訪れたい魅力的な街だから。その中でも、私のホテルを選んでもらえるのはうれしいことよ」

花の都で四十年近く業界に勤め、今やフランスのホテル協会の代表を務めるほどの辣腕を振るうセシルと出会ったのは、私が三十代、まだＣＭディレクターをしていた頃のことだった。

そのとき私は、あるロケーションのため、パリからアフリカに渡る計画を立てていた。前泊地としてたまたま選んだパリで泊まったホテルに、セシルが勤務していたのである。

そこで、どういうタイミングだったのか、彼女は私にこう耳打ちしたのだ。

「あなたがアフリカから帰ってくる頃、近くに新しいホテルがオープンしているわ。私はそこを任されているの」

　当時、まだ若かったセシルが支配人として赴いたのが、凱旋門のすぐ近くにある瀟《しょう》洒《しゃ》なプティホテル、ドゥ・ヴィニーだった。彼女の言葉に導かれるように、私はその後、渡欧してヴィニーの客となった。そうして、やはりかれこれ四十年近くになる、彼女との友情が生まれたのである。

　セシルとは、どんな女性か？

　ひとことで言うと、彼女は、私の好きなタイプの仕事人である。

　客を分け隔てせず、誰に対してもきちんと礼節を保って接する。ゲストが訪れる場所について、歴史や文化的背景はもちろんのこと、当日の交通渋滞状況に至るまであらゆる情報を網羅して的確なアドバイスを与え、その旅に常に利が生まれるよう、かつリベラルに取りはからう。

　押し付けがましさや慇懃《いんぎん》無礼な態度は一切ない一方で、行儀のよろしくないゲストの要求に対しては、毅然とそれを突っぱねる厳格さも備えている。

　自信と誇りを滲ませた仕事ぶりは、まさに完璧の一語に尽きる。実際、彼女は周囲の人々から「セシル・パフェ」と呼ばれていた。パフェ、つまりは、パーフェクトなセシルということである。恰幅《かっぷく》がよく、「セシルを怒らせると、怖いよ」と囁かれつつも、彼女のもとでその手腕を学ぼうと若いホテルマン、ホテルウーマンたちが続々と志願するというのも、十分頷ける話だった。

そんな彼女だから、東の涯《はて》からやってきた一作家である私の世話にも、もちろん手腕を発揮した。

ある年、小説の取材でベルギーのブリュッセルへ赴くことになった。いつものようにヴィニーにチェックインした私が、セシルにそのことを告げると、「じゃあ、ホテルはここがいいわね」と、さっそくヴィニー同様に居心地のいい滞在先を予約し始めた。大切なゲストが行くのでよろしくと先方へ念押しをし、英語の話せる運転手を手配し、為替の手間がないようにと、滞在中の請求書は一括でヴィニー付けにするよう連絡を入れる。おかげで私は、何の余計な面倒ごとを背負い込むこともなく取材に没頭できた。

さらには、取材のヒントになるようにと、予定されていた行程のほかに訪れるべき場所、見るべき美術館などを完璧にリストアップしてくれた。その情報の質、量はヨーロッパの歴史、文化に対する彼女の造詣の深さを感じさせ、舌を巻くばかりだった。

ベルギーの旅を終えてフランスに帰ってからも、買い込んだ書物のリーズナブルな送り方を指南し、私のところに客が訪れるときには、レストランのブッキングから最適なメニューの選定まで段取ってくれた。

溜めた原稿を書くために、日中はホテルのバーのいちばんいい席を用意し、私がうたた寝をしていると、いつの間にか背にはブランケットがかけられているのだから、もうぐうの音も出ない。

それから五年ほどの間、私はヨーロッパを旅する際には、まず必ずセシルのいるヴィニーに入った。そして、各都市での滞在を終えるとまたヴィニーへ戻り、身体を休めてから日本へ戻るのも恒例になった。

倉庫には、私が宿泊中に使う日用品やゴルフバッグを置かせてもらったが、私の知らないうちに、ゴルフに詳しくないスタッフが、パターをシャッターの上げ下げに使用していたというのは、ご愛嬌。ちなみに、私が宿泊していた部屋（もちろん、セシルが「この部屋があなたにもっともふさわしい」と薦めた部屋である）は二〇〇六年、フランスのある旅行雑誌で「パリのホテルのベストルーム」に選ばれたという。

滞在日数は、合計すれば八か月ほどになるだろうか。ホテルとはかく滞在すべし、スタッフの力はかく借りるべし――そのすべてを、セシルはごく自然な振舞いで、私に一から十まで教えてくれた。

ただ、フランス語の発音を教えるときだけは、いくぶん厳しい（AやFの音は飴玉《あめだま》を転がしながら練習せよ、と）教師であったけれども。

芸術の都らしく、フランス人は、作家に対して抱く敬意がなみなみではないということは噂に聞いていた。が、彼女は、なぜここまで私によくしてくれるのか？　あるとき、そう訊ねた私に、彼女は微笑んでこう言った。

「昔、完璧な日本人に会ったことがあるの。彼——ヒロヒトは、実に礼儀正しくて素晴らしい紳士だったのよ」

聞けばセシルは、名門中の名門、オテル・ドゥ・クリヨンに勤務していた時代、その才能を開花させ、百年余の同ホテルの歴史の中で、最初に客室係のトップに上り詰めた女性だったという。その頃、日本から訪れた昭和天皇の世話係をしたことが日本人観に大きな影響を与えたと、彼女は続けた。

「ヒロヒトは、忙しいスケジュールの中にあっても常に穏やかだった。何か問題はありませんかと訊ねると、いつも『快適だよ、ありがとう』ときれいな英語で返事をしてくれたの。ホテルを去るときには丁寧に挨拶をして、贈り物までくださった。立派な方だと思ったわ」

一国のエンペラーが、一介の従業員に対して礼を示したという逸話は、それだけで私を感動させたが、それもやはり、セシルの完璧な仕事ぶりがそうさせたに違いないと思う。「信じられないかもしれないけれど、私はお城で生まれたのよ」と言っていただけあって、彼女の立ち居振舞いからは、匂うような気品と風格が感じられた。それもきっと、かのやんごとなき人の目には、きちんと映ったのだろう。

いずれにしても、そんな経験をした彼女をがっかりさせるような態度を、同じ国から来た人間がとってはならない——そんな責任感ともいえる思いが生まれたのも、確かである。完璧な彼女の前で、私も完璧な客であろうと心がけた。それこそが、彼女の最大の〝教え〟であったのかもしれない。

そして彼女は、後年、私がある危機に瀕したときにも素早い行動を起こした。

二〇一一年、東日本大震災の発生後、混乱で繋《つな》がりにくくなっていた私の携帯電話に海外から一本の着信があった。電話の向こうにいたのはセシルであった。

「伊集院、すぐに家族を連れてフランスに来なさい。飛行機も、住む家も、すべて私が手配します。とにかく早く」

かつてチェルノブイリ原子力発電所事故による放射能禍を経験した人ならではの切迫感が、その口調から伝わってきた。だが、私は言った。

「ありがとう。だが私には、この混乱の直中《ただなか》にいることが、何かの運命のように思えるんだ。すでに年齢も六十を過ぎたし、ここからどんなふうに人間が立ち上がり、復活するかを見届け、書くのが務めだと思っている。私はここにいる。どうか、この思いを理解してほしい」

それを聞いた彼女は、ため息をつくように「伊集院らしいわね」と言った。

それきり、深追いはしなかった。その思い切りもまた、彼女の気遣いだったのだろう。

申し出を受けることはなかったにせよ、この電話は本当に、私と家族にとってありがたいものだった。

ヴィニーの支配人を辞してのち、セシルはパリ八区にオテル・ダニエルという素敵なホテルを作った。

シノワズリーに内装された二十六室の客室。コンシェルジュから客室係、レストランやカフェで働くスタッフまで、ホテルに関わるすべての人々が惜しみなく発揮する、温かみのあるサービス。彼女の趣味と手腕が十二分に発揮されているのがこのホテルだ。

創立十周年の節目には、残念ながら訪問することは叶わなかったが、先の震災時の気遣いへのささやかな恩返しの気持ちも込めて、彼女のために作らせた陶器を人に託して届けた。

その後、パリで不幸にして起きた同時多発テロにも決して動じることなく、自らの職責を今も担い続けている彼女は、今年、フランスの代表としてホテル協会の国際会議に出席するため、日本にやってくる。

「日本へ行くのは楽しみよ。伊集院にも会えるしね」と言ってくれるのも、うれしく、また誇らしい。よき友人にしてホテル暮らしの師、そして仕事人として見上げるべき存在である彼女を、どこに案内し、何を見せ、何を食べさせようか……今から、その任務にわくわくしている。

25 大村俊雄先生

無償の友愛。

お前の本を一冊、作らせてくれ——自らの命の限りを悟ったとき、私にそう言った男がいた。青年期の出会いから、四十年近く経った頃だった。

彼、大村俊雄《おおむらとしお》は高校時代の同級生である。実家は当時、中国五県ではもっとも大きな印刷会社を営んでいて、父上は商工会議所の会頭まで務めた大人物であった。

つまりは「お坊っちゃま」であったわけなのだが、実は大村と私は、高校時代、一度も接点を持ったことがなかった。

理由は、彼はブラスバンド部で、私が野球部だったから。彼はおそらく、私の視野の中にはまったく入ってこないタイプの生徒だったのだと思われる。

そんな大村と付き合い始めたのは、大学生になってからの、ある春のことだった。大学生活の後半、野球をやめた私は次第に学校から足が遠のき、何度か引越しを繰り返していた。そうしているうちに、同郷の友人からこんな話を耳にしたのである。

「S大に通っている大村という同級生がいる。実家は金持ちで、なかなかきっぷのいいヤツだ」

それじゃあ会ってみるかというので、私は友人たちと彼が通う大学へ行き、その後、招かれて彼のアパートに立ち寄った。

思えばこれが、彼の運の尽きだった。その夜、隣の部屋に住んでいた高知出身の男たちと徹夜麻雀を始めた私は、気がついたときには、知り合ったばかりの大村の部屋で眠っていた。

朝になり、大学へ行くという大村から「お前、どうする」と尋ねられた私は、「もうちょっと寝させてもらう」と答えた。そのまま、夏が終わるまで、私は彼の部屋に居着いた。

まったく、ひどいヤツだった。大村ではなく、私のことである。

居候を決め込んだ月の終わり、大村の実家から彼の元に仕送りの金が届いた。当時のことだから、郵便為替である。学校へ行って留守だった彼の部屋を郵便局員が訪ねたとき、玄関で応対したのは私であった。玄関にあった印鑑で受け取りの印を捺《お》し、そのまま部屋にいると、彼から電話があった。

「郵便局が来なかったか」

「来なかったよ。何の用件だ」

何でもないと言って、彼は電話を切った。ははぁ、俺に言ったら使い込むと思っていやがるな……。私は為替を持って郵便局へ行き、それを現金化すると、翌日、金を持って府中の競馬場へ行った。

不審に思ったのであろう。大村は翌日、郵便局へ問い合わせ、いるはずのない自分が印鑑を捺して仕送りを受け取っていた事実を知った。

　彼の行動は素早かった。犯人（つまり、私だ）が向かったであろう競馬場に電話し、なんと、場内放送で呼び出しをかけた。当然、応答しなかった私は、そのまま競馬場で一日を過ごし、夜に家に帰った。家というのは、もちろん大村のアパートのことである。

「お前、仕送りを受け取ったな」

「おう」

「どこへ行ってたんだ」

「競馬場だよ。書き置き、しておいただろ」

「呼び出したけど、出なかったぞ」

「聞いてねえなあ」

「まさか、競馬で使ったのか」

「使ったよ」

「全部か」

「全部だよ。見たらわかるだろ」

　出ていけ！　逆上した大村が、怒鳴った。親に勘当され、金を返す当てもないプータローに一か月の生活費を使い込まれたら、そうなるのは当然である。

　しかし、そのくらいで詫《わ》びを入れるような私ではない。あろうことか、口をついて出た二の句はこうだった。

「悪いな。ところで、腹が減った」

大村は、アパート近くのそば屋に私を連れていってくれた。

「最悪だな、お前」「かけそばだけだぞ」と言った彼の目を盗み、ビールを頼んだその夜の勘定も当然、彼持ちである。きっぷがいい、と言った人間の言葉は、まったくもって嘘ではなかった。実に気のいいヤツだったのである。

その後も、私の狼藉《ろうぜき》は続いた。

大村が写真部の夏合宿で軽井沢に行っている間に、押入れの奥にあった愛用のトランペットを質屋に売り飛ばす。大村が密かに意中としていた女子学生に、思いを勝手に伝えた挙句、彼女の家に彼より先に行ってお母さんの手料理をご馳走になる……もっといろいろやったと思う。

もちろん、そのたびに逆上し、一時は怒り狂うのだが、それでもしばらく時が経つと、彼は心の鎧を脱いでくれた。

二度、三度と続くうちに、諦めの境地に至ったのか、最後には「こいつは、俺が食わしてるんだ」と、仲間内に私のことを紹介までしていた。育ちのよさからくるのであろう、気のよさと大らかさは、親からも世の中からも放逐されつつあった当時の私を、ずいぶんと救ってくれたものだった。

それにしてはやることがひどすぎないか？　と思うが、私にしても、それだけ彼に心を許していたのである。

大学卒業後、彼は、家業にいそしむべく実家に戻った。

その後も、私たちの付き合いは続いた。かつて仕送りをネコババした私も、さすがに大人になり、大村が上京するときには、罪滅ぼしの酒を振舞ったりもした。

創業者である父上は厳格で、なかなか後を継がせてもらえなかったりもしたようだが、彼は彼でビジネスの世界で才覚を発揮し、青年会議所に入ったとか、その中国支部のトップになったという話を、たびたび私に聞かせてくれた。

「俺には夢があるんだ」

あるとき、彼がこんなことを話した。

「『文藝春秋』の『日本の顔』（企業経営者、学者、著名人が登場する名物モノクログラビア）に出たい。それができれば、出世した証《あかし》だからな」

「たいしたことじゃないだろう。この『同級生交歓』でもいいじゃねえか」

「違う！　ぜんぜん違う」

そして数年後、私は『日本の顔』に、大村より先に登場した。まったくひどい同級生もあったものだが、彼はそのときも「まあ、お前が出られたんなら、それでいいよ」と言って、笑ってくれた。

お前は故郷の英雄だ、いつか伊集院静文学館を山口に建てる（勘弁してくれ、と、このときばかりは私が叱った）と言っていた大村は、六十歳を前にして、がんになった。できることはないかと尋ねた私に、彼は、冒頭のひとことを告げた。

そうして、大村と企画し、出版したのが、毎年、成人の日と新社会人入社の日に寄稿しているサントリーの企業広告をまとめた『伊集院静の「贈る言葉」』である。そのことが少しでも彼の寿命を延ばしてくれたら、と思っていたが、本の刊行を見届けた二〇一二年末、彼は逝った。

さんざん嫌な思いをさせられても、いつも最後には許してくれた大村。なぜ私を、そこまで受け入れてくれたのだろう？　もはや確かめようがない。

たまたま同じ町に生まれ、事業家の嗣子《しし》として育った者同士。父の後を継いで会社を大きくし、さらに観光協会の会長を務めるなど、地元に尽くして生き抜いた、大村の人生。

不思議な縁でつながりながら、彼は私に、天命を全うすることを教えてくれた。

そして、自分が見込んだ相手とは、見返りを求めず、とことん大きな心で付き合う。

無償の友愛をもって、そのことを教えてくれた彼は、まったく立派な「先生」であった。

よくもまあ、いろんな人と出会ってきたものだな――思い出話をすると、縁というものの、その巡り合わせの不思議に唸《うな》らずにはいられない。

そして、人は人でしか作られないのだと、あらためて思う。原石は、同じ原石とぶつかるから磨かれる。そうして、人に、世に光を放てるのだと。

「家族」という先生

26　亜以須先生

この犬は不思議と、
人と人を結びつける
犬でもあった。

仕事の都合で東京と行き来しているが、生活の拠点は一応、仙台にある。家には人間の家内がひとりと、二匹の犬がいる。家内はもとからいたが、犬たちはそれぞれ十四年前、十二年前に、私の与《あずか》り知らぬきっかけから同居するようになった。

その彼らとの、日常の話である。

もともとは、動物の居着かない家のはずだった。

それというのも、仙台の家の敷地内には、ずっと以前から大きな青大将が一匹棲《す》んでいて、それが玄関先で悠々と塒《とぐろ》を巻いていることがたびたびあり、家内や私を驚かせていた。

びっくりはさせられるが、蛇のいる家は栄えるという話も聞くし、これはこれで瑞《ずい》兆《ちょう》なのではないかと思い、そのままにしていた。

しかしあるとき、縁の下に入り込んだ野良猫が子どもを産んだ。床下からミャア、ミャアと、か細い鳴き声がするのだ。これに、家内がやられてしまった。床板を剝がすわけにはいかないから、縁の下にミルクの皿を置く。ミルクはきれいになくなるが、猫の親子は一向に姿を現さなかった。

そのうち、猫たちの声がしなくなった。おそらく、先住の青大将に脅されでもして出ていったのだろう。家内はたいへん残念がり、そのうち「猫を飼うわ」と言いだした。

犬か猫かでいえば、私は、消極的な犬派であった。

生まれ育った家には犬も猫もいたが、妹がかわいがっていた猫が、食べもしない鼠《ねずみ》を弄《もてあそ》んでいる様子を見て嫌な気持ちがしたのが影響しているのかもしれない。猫らが時折見せる、どこを見ているのかわからない視線も気味が悪かった。

まあ、家にいるのは家内だから、彼女がいいならそれでいい——そのつもりで私はとくに反対もせず、ヨーロッパへの取材旅行に出発した。

数日後、旅先に家内から電話が入った。

「おう。猫は見つかったか」

「猫じゃなくて、素晴らしいものが見つかったのよ」

「何だ」

「犬よ。これはもう、運命の出会いなの」

興奮した様子の家内の話によると、猫を買いに行ったペットショップで、ミニチュアダックスフントの雄の仔犬《こいぬ》と運命の出会いとやらをしたらしい。

ちょっと待て、と私は言った。人間もそうだが、犬にも当然寿命がある。そしてそれは、人間のものよりずっと短い。私と家内の年齢を考えると、その犬が天寿を全うするとして、看取《みと》るときにはこちらも相当歳をとっている計算になる。

「そのとき君は、失うことに耐えられるのか」

「大丈夫よ」

「本当か？　よく考えなさい。連れて帰るにしても二週間なら二週間、期限付きで、いつでも返せる条件にしておくこと」

実はこの電話の時点で、運命の出会いをしたという一匹がすでに家の中にいたことを、私は帰宅して知ることになる。


我が家は、様相が一変していた。

まず、玄関をはじめ家の各所に、やたらと紙を敷いた長方形のトレーのようなものが設置されている。犬のトイレであるという。

「犬小屋はどうするんだ」と私。

「は？」と家内。

「当たり前だろう。室内で犬を飼うバカがいるか」

「何言ってるの。こんなに小さいのに、冬になったら凍え死にするじゃないの」

「犬なんてものは、毛布を入れときゃ大丈夫だ」

それから先は、もう取り合ってもらえなかった。

うれしそうに家を走り回る犬は、確かに愛らしい。これに見つめられたら、運命を感じてしまうかもしれない。私は家内に、誓約書を書かせた。「もし犬が死んだとしても、私は大丈夫です」との一筆である。

私の唯一の仕事は、この犬に名前をつけることだった。

呼びやすく、忘れにくい名前として浮かんだのは「アイス」。これは、私が酒場で頻繁に「氷（＝アイス）を持ってこい！」と言うことから思いついたのだが、家内に話すと、「あら素敵。皆に愛される『愛す』なのね」とくる。完全に愛情で我を忘れている。呆れた私は、手元にあった梵語《ぼんご》辞典を繰った。あにはからんや、そこには「あいす」の項があった。何々、真理のみに従う神の名とな。字も「亜以須《アイス》」と、なかなかの威風堂々ぶりだ。

かくして、「西山亜以須」が誕生した。私は、子どもを命名するときのように、短冊にその名を書き、床の間の鴨居に貼った。

犬用の装備は日々、増えていった。相変わらず家のあちこちにはトイレの箱が置かれ、生垣だけだった庭には犬用の柵が設置されて、本棚にはいつの間にか「犬が病気になったとき」というような本が並んだ。

生活も変化した。これまで、私が東京から帰ってくると私の執筆を中心に回っていた家の時計が、亜以須を中心に回りはじめた。

私が「飯は」「お茶をもらおうか」と言っても、家内は「あ、ちょっと今、亜以須が」といった具合。たまにゴルフに出かけても、「亜以須が心配だから、もう帰ろう」と言い出す。

無類の車好きで、私が座席に少しコーヒーをこぼしただけで目くじらを立てていた家内が、今は亜以須の粗相を「あらあら」と笑顔で許容している。

悪いことではないな、と思った。それまで私ひとりに注がれていた視線と関心がばらけて気は楽になったし、ある意味、自由にもなった。話題がなくても、亜以須がいれば間《ま》が持つことも多い。まさに「(犬の)子は鎹《かすがい》」である。

「いつになったら外で飼うんだ?」とは、さすがの私も言わなくなった。

愛情を注ぐ一方、厳しく躾《しつ》けたことで、亜以須はまずまず言うことを聞く犬に育った。彼にとっては常に家内がいちばんで、私は二の次。というより、完全に自分と同等か、それ以下だと考えている節もあった。

ドアを開けてほしいときは、吠《ほ》えて私に開けさせる。怪我《けが》をして首の周りにエリザベスカラーをつけられたときは、不快だ、取ってくれと、私の足下に来て訴える。

お前はいったい誰にものを言っているんだ? 私は執事か?

そう問いたくなることもたびたびであったが、基本、賢い犬であったし、何より家内に対する忠誠心は見上げたものだった。犬とはいえ、彼は彼の信念に従っているのだ。また、この犬は不思議と、人と人を結びつける犬でもあった。

亜以須が来て以来、我が家には、犬連れならば誰でも入って構わないという不文律ができた。住宅地ゆえに、さまざまな種類の犬を連れた人々が、家の周辺に集うようになった。

あるとき、亜以須の散歩の途中に、同じミニチュアダックスフントを連れた女性と家内が知り合った。

彼女の犬は偶然、亜以須と同い年で、犬の餌や飼い方に精通している彼女と家内は意気投合し、そのうちに彼女は我が家の家事を手伝うようになった。

こうして、お手伝いさんとその飼い犬、ラルクが、準家族として生活に加わった。留守がちな主人としては、この縁はありがたく、心強いものであった。

唯一の懸念は、やはり家内の溺愛ぶりであった。

仲間を得たことで、犬中心の生活はますます確固たるものになっていった。

極め付けは、冬になって、犬種柄、足の短い亜以須が往来では雪に埋まって散歩がしにくいということで、家の前の土地を彼の散歩用に買わされたことだが、それはまあいい（ということにする）。とにかく気がかりなのは、この暮らしの軸を失ったときのことである。

危機感を覚えた私は、家内に言った。

「もう一匹、犬を飼いなさい」

関心の対象は、ばらければばらけるほどいいに違いない――そうしてもう一匹の〝息子〟が、我が家に加わることになる。

それが今度は、私にとっての運命になることも知らずに。

27　ノボ先生

犬は人間より早く歳をとる。
その切なさもまた、
長年示してくれる忠誠心同様、
彼らが教えてくれること。

最初の飼い犬、ミニチュアダックスフントの亜以須が我が家にやってきてから二年。新しい犬が、家族の一員に加わった。

長男（亜以須）への家内の溺愛ぶりを懸念し、家内の愛情の分散を試みようとペットショップへ行くことを勧めたのは、ほかならぬ私である。ペットショップに行った彼女から、さっそくこんな電話が入った。

「同じ店に、もうひと月半、ずっと売れない犬がいるのよ」

「なぜ売れないいんだ」

「見ればわかります」

同じミニチュアダックスフントの、ワイヤーヘアの雄だった。一見した印象は、とにかく目がキツい。そして、食べ物への執着が凄《すさ》まじい。「私も噛《か》まれそうになったんだから」と家内。

だが、私は言った。

「それでいい。そいつを連れてきなさい」

そうして、我が家に次男犬がやってきた。

なるほど、こいつは曲者《くせもの》だった。兄犬、亜以須やその友、ラルクの飯を、隙あらば奪おうとして恐ろしい声で唸る。ボール投げをすると、チビのくせに誰よりも素早く、猛烈な勢いで走り回る。まるで鉄砲玉だ。亜以須は、突然現れた凶暴な同居犬の所業に呆れ果てた。

家内は目の色を変え、この鉄砲玉を躾けはじめた。

とにかく、家では先住の亜以須がいちばん。お前はその次。これを教え込まないことには、取っ組みあい、嚙み付きあいの喧嘩で流血沙汰になることは目に見えていたからだ。

家に置くことにしたからには、この乱暴者にも名前を与えねばならない。私はその頃、いつか小説に書こうと思っていた、ある文人の名を彼に与えることにした。

明治の俳人、正岡子規《まさおかしき》。幼名を升《のぼる》といい、ノボさんという愛称で知られていた彼は、無類の運動好きで、当時アメリカから輸入されたばかりの野球に夢中であったことでも知られている。

運動神経に加えて、文学的とまではいかなくても、ちょっとは落ち着きを見せてくれよ……という願いを込めて、名前を「西山乃歩《ノボ》」とした。

家で暮らしはじめてからも、ノボは相変わらず無鉄砲なままだった。

遊びはじめると、他の犬たちそっちのけで暴れまわり、往来では自分より身体の大きな犬に平気で挑みかかり、ゴルフ場に連れていけば、バンカーに入って、狂ったように砂浴びをする。まさに〝東北一のバカ犬〟の称号を授けるにふさわしい所業である。

ロングヘアの亜以須と違って、毛の短いノボは、雨に濡れると途端にみすぼらしくなる。あるときなど、すれ違った小学生に「この犬、ショボショボだ」と指をさされる始末であった。

こいつは、誰かに似ているな……乱暴狼藉の限りを尽くす小さなノボの姿を見ていて、ふと思い至った。

そうだ。これは、まるで幼い頃の私ではないか。そして、亜以須とノボのありようは、乱暴者の私と大人しい優等生だった亡き弟の立場が逆転したかのようであった。

誰もが認めるやんちゃくれだった私と、優しく賢く、人に好かれ、貴公子然としていた弟。高校生の頃、海の事故で、弟は還らぬ人になった。私はこうして、今も世に憚《はばか》っている。

先住犬ということもあって、亜以須は、やはり家内の愛情をいちばんに受け続けた。そして弟犬のノボは、一応、私の犬ということになった。

何事も兄の次、と定められたノボは、それでもけなげに生きるのであるが、一歳を迎える前に、犬パルボウイルス感染症に罹《かか》った。

丼一杯の血を吐いて、もうこれはほとんどだめでしょうと、獣医師にも匙《さじ》を投げられたノボ。東京にいた私は、近くの神社へ行き、はじめて犬のために神に祈った。

ちょうどそのとき会っていた松井秀喜君が、「僕も祈ります」と手を合わせてくれた。ありがたいことである。

英雄の祈りが通じたのか、ノボは奇跡的に快復した。聞けば、苦しい息の下でも舌を出し、何か食わせろと訴えていたという。この意地きたなさで、ノボは、からくも命を繋ぎ止めた。

私が仙台の家に戻る日、ノボは、帰宅する前からそれを察知し、ひとりで布団に身体をこすりつけたり玄関で吠え立てたりして、大騒ぎをするという。

帰宅してからは、私の後を追ってくる。執筆する部屋には原則、犬は入れないことにしているが、ときにはズボンを噛んで引っ張り、部屋にこもるのを阻止しようとする。と思うと、私が東京へ出発する日には、別れを惜しむでもなくぷいと顔を背けてどこかへ行ってしまうのが常である。

「怒ってるんでしょ、寂しくて」と家内。私がいなくなってから数日は、私がよく座るソファの上でぼんやり過ごしているという。

日中は亜以須や友だちの犬と過ごしていても、夜になると、ノボは何となく私の傍へ来る。庭に出て星や空を見上げたり、夜に咲く花を眺めたりする私に、付き従う。

「今日は星がきれいだな」と言うその傍で糞をしていたりもするのだが、だいたいはじっとこちらを見上げている。ご主人、話を聞きましょうというその表情は、いっぱしの忠犬らしくも見える。

「おい、ノボ。鈴木大拙《すずきだいせつ》という男を知っているか。彼が言うには、禅には東西南北がないそうだぞ」

「そうですか。大したものですな」

あるときは、夜中のテレビでやっていた、アダルト向けの映画をふたりで観た。艶のある声というのは、犬にもわかるものらしく、興味津々といったふうのノボだったが、起き出した家内の妨害によって男同士の時間はすぐに終わった。

家内への愚知を、もらすこともある。が、私は、覚えたことや、読んだ本の内容で、人間に聞かせるにはちょっと難しいだろうなと思うことを、全部ノボに話している。乱暴者ではあるが、彼が人語を解するようになったら、相当なインテリ犬でもあるはずである。

「おい、ノボ。小説がやっと完成したぞ」

「そうですか。いやぁ、素晴らしい出来ですな」

「何が素晴らしいもんか、バカ犬が」

自問自答には違いないが、彼の目を見つめて過ごすそんなひとときが、孤独な執筆の時間のささやかな慰めであった。ノボならぬ正岡子規を主人公にした小説『ノボさん』

も、こうした日々の中で書き上げた作品である。

時は過ぎ、亜以須は十四歳に、ノボは十二歳になった。

犬たちと、いろいろな思い出を作った。病気も、あの大震災も乗り越えた。

今では亜以須は、日中の長い時間を酸素テントの中で過ごしている。簡単に越えていた柵が越えられなくなり、粗相をすることも増えた。「いいのよ」と家内が言うのに、仔犬のとき同様、叱られまいと物陰に隠れようとする。

ノボも、元気ではあるものの、あの俊敏だった動きは年齢相応に緩慢になった。食欲が相変わらずなのが、今では救いである。彼らは、人間よりも早く歳をとる。避けようのない事実であり、運命である。

犬は犬であるという立場は、私の中では、飼いはじめた頃からまったく変わらない。それでもやはり、切ないものは切ない。が、その切なさもまた、長年示してくれる忠誠心同様、彼らが私たちに教えてくれることなのだ。

私の、そしておそらく私以上に家内の話し相手になってきた犬たち。彼らと、これからもできるだけ長く、静かで穏やかな時間を過ごしたいと思う。

28　親という名の先生　その一

父の言葉

「伊集院さんって、お父さん、お母さんのことが大好きなんですね。だって、いつもご両親のことを書いていらっしゃるじゃないですか」

そんなふうに言われて、少々驚いた。どうやら私は、知らず知らずのうちに、これまでの人生で父や母に言われた言葉やそのときの情景を、作品の中に数多く書き込んできたようなのである。

もちろん、誰にとっても最初にものごとを教わる存在は、やはり父母である。知識や所作に始まり、善悪や価値判断の基準まで、この世に生きていくことの何たるかを人は親から学ぶ。私自身も、親からの教えに従い、ときにはそれに抗いながら生きてきた。そして、成長する折々に父母から聞いた言葉の数々は、今も私の中に残っている。

私にとって、父は、母は、どんな存在であったのか。彼らの人生と、彼らが私に及ぼした影響について、あらためて振り返ってみたい。私の人生の、最初の教師たちのことを。

まず、父について。少年時代の私は、父とほとんどまともに話したことがなかった。五分以上話した記憶は、頭を逆さに振っても出てこない。

憎まれていたわけではない。事実、我が家の第四子として生まれた私は、父にとっては待望の長男で、誕生時の喜び方は尋常ではなかったと、母や他の家族から幾度も聞かされた。

父は、私が生まれてからの半年間は片時も離さず私を抱いてあやし、仕事も遊びも放って家に居続けたという。

この最初の半年間が、私の人生のうちでもっとも父と濃密に過ごした日々になった。ある日、父は突然、「これからのことはすべてお前に任せる」と私を母に預け、以降は一切、子育てに関わらなかった。

その後、没するまで、妻子といえども決して甘やかさない絶対的家長として、父は私たち家族の上に君臨し続けた。そんなわけで、個人的な接触の機会は決して多くはなかったが、それでも折々に受けた言葉は、強く印象に残っている。

「男が腹が空《す》いたなんて言うんじゃない」

私には、タクシーに乗ったときなど、つい声が出るような大欠伸《おおあくび》をしてしまったとき、「すみませんでした」と反射的に謝るくせがついている。これは、父の影響である。

もともと礼儀やマナーにはうるさい人だったが、父は人に弱みを見せたり恥ずかしい振舞いをしたりすることを、非常に嫌った。暑い寒いと不平を言ったり、軽口を叩いたりすると、容赦なく叱責が飛んできた。

あるとき、外を歩いていると、いきなり足の上にレンガが落ちてきて親指の爪が割れたことがあった。医師から爪を抜くと言い渡された際、父はかわいそうにの一言もなく、私をこう怒鳴りつけた。

「ぼんやり歩いてるから、そんなものが落ちてくるんだ。その痛みを忘れるな」

爪を抜くというのに、父は私に、麻酔をかけることを許さなかった。

おかげで、というか、それ以来、痛みにはかなり強い体質になった。のちに、歯を抜いたときも麻酔なしで耐えられたのは、その厳しい教えの賜物《たまもの》である。

「チンピラみたいなことをするんじゃない。バカモノ」

父はとにかく、志が低くて小狡《こずる》い者を憎んだ。「チンピラみたいな」というのは、要するに、長いものにすぐ巻かれたがる覇気のない者のことである。

男として、人間としてそうあってはならないという、絶対的な信念があった父。「卑《ひ》怯《きょう》なことだけはするな」とも、よく言っていた。こうした部分は多分に遺伝していて、今も私の軸になっているように思う。

小説やエッセイなどに書いてきたのでご存じの方も多いと思うが、父は少年の頃、単身朝鮮半島から日本へ渡り、その後、自力で生きる道を模索し切り開いてきた男である。その体験に裏打ちされた言葉も、折々に聞いた。

「もっと足を踏ん張れ。腰を落として斧《おの》を振り上げるんだ。腹に力を入れろ」

少年時代、薪割《まきわ》りをしているときに聞いた言葉である。父の体は頑健で、並外れた働き者だった。少年時代から厳しい生活によって鍛えられた体であり、精神だったのだろう。

また、私が長じてから父と故郷の韓国へ行ったとき、山道で日が暮れた際に、「今日は、竹やぶで寝るか」と言われたことがあった。

これは、父が生家を出て日本へ渡るとき、三日がかりで山を歩いたという体験に由来している。

竹やぶなら、降り積もった笹の落ち葉が布団のようになって暖かいし、他人が近寄ってきたときには音がしてすぐわかる。また、竹やぶはたいてい傾斜地にあるので、たとえ誰かに追いかけられても姿を隠しながら逃げることができるのだ、云々《うんぬん》。

現在では考えられない過酷な状況を越えてきた男の言葉には、その体つき、顔つきにふさわしい説得力があった。

「人に物乞いをしたら、もう廃人と同じだ」

だから父は、努力を怠る者たちを憎んだ。何かというと人に頼ろう、その力にすがろうとする者たちを「自分で動けるじゃないか。だったら働け！」と叱咤《しった》し、決してものを恵んだりしないようにと私たちにも言い渡した。

働かざる者食うべからず、そして、卑怯な行いは許さない。その姿勢からは、戦争を挟んだ、もっとも厳しい時代を生き抜いた人間の強烈な自負が窺えた。

「戦争は飯を食べていたり、子どものおできの膿《うみ》を出してやったりしてるときに始まる」

時代や世の中の情勢に対しても、独特の勘の鋭さを発揮した。父は「黙って家の中にいても、戦争が始まったらすぐにわかる」と言っていた。何かが変わる、その予兆を感じ取ることはできるのだと。

また、日本については、自分のチャンスを活かしてくれた国だと認識しながらも、人々の心の中の差別意識に関しては決して楽観することはなかった。「今は差別がないというが、そういう根っこは簡単にはなくならない。自分の土地、国というのは変わらないものだ」とも、よく言っていた。

少年時代に国境を越え、満足な教育を受けてこなかった父の信念。彼が実地で体得した哲学は、人は自分の置かれた場所で生き抜かねばならないのだということを、私に強く刻み込んだ。


私が十八歳になって東京へ出るとき、父は三つのことを言い渡した。

ひとつめは、「誰よりも朝早く起きて懸命に学べ」。ふたつめは「人に指をさされるような人間になるな」。

三つめは「一度寝た女は、一生面倒を見てやれ」だが、まあ、これは蛇足だろう。私は言いつけを守ろうと努めた。が、その後、父とは生き方を巡って対立し、長く親子の仲は断絶した。

それを復活させてくれたのが、前妻の夏目雅子《なつめまさこ》だった。父は、彼女がマスコミに向かって「チマチョゴリを着て結婚する」と言ったことを、非常に喜んだ。彼女の友好の志が、父と子のわだかまりを解いてくれたのだ。

しかし、彼女は早世。それから、私は長く放蕩《ほうとう》に身をやつすことになるのだが、当時、私の身を案じた母に父はこう言ったという。

「伴侶を亡くしたのだ。しばらくは好きなようにさせておきなさい」

思えばあの気丈な父も、家族を亡くしたときには非常に悲しんでいた。両親を見送ったとき、次男である私の弟が不慮の海難事故で還らぬ身になったとき。父の私への思いやりについて知ったのは、ずいぶん後のことだったが、おそらく人一倍、気持ちを察してくれたのだと思う。ありがたいことであった。

「それがお前を育てた故郷や親に対して言う言葉か。少し偉くなったかと思って調子に乗るな」

もちろん、大人になってからも叱られる場面はあった。再婚したばかりの妻を連れて里帰りをしたとき、故郷の街をＰＲするための、いわゆる観光大使のような役割を私に引き受けてくれないかという打診を受けた。父が知人から頼まれたその案件を私が断ると、父は烈火のごとく怒り、久しぶりに私を怒鳴りつけた。

往年の激しさにたじろぐわ、再婚したばかりの妻は泣き出すわで散々な出来事だったが、おかげで背筋は伸びた。父は相変わらず父だったのだと、今では懐かしく思い出される。

「事業というものは、そこに何かを残すということなんだ。自分たちが遊ぶために、わしは働いてきたんじゃない」

事業家として成功しても、父は決して贅沢をしなかった。人よりいい車に乗りたい、いいものを持ちたいということは一切なかった。

金をちらつかせる者、口数の多い軽薄な者を、父は信用しなかった。

「一度、言葉を噛んでから口にするものだ」も、よく言っていたひと言。後ろ盾もなく世を渡っていく中で、おそらく死と背中合わせになるような窮地も経験したのであろう。

思い出すのは、私が上京するとき、父が私に「これを持っていけ」と手渡した時計のことである。

母も「大事にしなさいね」と言っていたので、私は内心、相当な値打ちものをもらったのだと考えていた。

そして数年が経ち、立派な不良学生に成長した愚息は、馬券を買う金に事欠き、時計を質屋に持っていった。店主は私の前で片手を開いた。

「五万円ですか」私が尋ねると、店主は首を横に振った。

「何言ってるんだ、五百円だよ。見てみなさい。中が錆《さ》びているじゃないか」

質屋からの帰り道、私は笑いが込み上げて仕方がなかった。父も、遠くで笑っている気がした。


「いいか、金で揺さぶられるな。

金がないからといって誰かに揺さぶられるような人間にもなるな」

「つるむな。ひとりでやり抜け」

「酔うな。黙って飲め」「酔いたいときはひとりで飲め」

「倒れるな。倒れたら終わるぞ」


厳しい言葉が、次々と思い出される。

父は、自分の子ども以外でも、自立心の強い、賢くて真面目な人間を好んだ。そういう人には血のつながりがなくても学費を出資し、何くれとなく世話を焼いた。その人がのちに成功しても、決して見返りを求めたりはしなかった。

そうして父は歳を重ね、病に倒れるまで働き続けた。相当であったはずの末期の痛みも一切訴えず、最後まで自分の流儀を貫いて世を去った。

「この墓の場所を覚えてくれ。俺が死んだら、お前が墓参りに行ってくれ。これで思い残すことはない」

一度ふたりで訪れた先祖の墓以外に、晩年、父は家族ひとりひとりのために、韓国に土地を買っていた。

彼の言い分によると、いつか日本人は必ず戦争をする。日本で土地を失い、帰る場所がなかったら、流浪の民になるかもしれない、そのときのためだ——と。それもまた、戦災を乗り越えてきた者の勘と知恵だったのだろう。

だが、父が終生、日本という国を自分の生きる場所と見定めていたのは確かで、彼は生涯をかけてひとつの城を築こうとしていた。そのために、なるべき自分の像を見出し、必要なことは何かと考え、それをただひたすら実践していた。

恩義を受けたら、必ず返すこと。卑怯なことをすると人がついてこないということ。自分が行くべき場所に行き、そうでない席には着かないこと。家族や従業員を守らなければ、城は内側から崩壊するということ。

生前、よく言われた、「お前がこの家を、身体を張って守るんだぞ！」という声が、今も頭に響く。

恥ずかしながら、そうした父の教えがわかりはじめたのは、還暦を過ぎてからである。その頃から、私は家族たちから父に似てきたと言われるようになった。実際、鏡を見ると自分でもそう思う。とくに、二日酔いで寝乱れた髪型で起きた朝などには、驚くほどに似ている。

断っておくと、父のような人間になりたいと思ったことは一度もない。むしろ、「あαいう人間になってはいけないな」とさえ思っていた。

だが、父が亡くなって数年が経ち、私が家長としてその役を務めなければならなくなったときにはじめて、彼のとってきた数々の行動が間違いでなかったと思えるようになった。

若く、覇気のある者には親切に。家族や仲間を大切に。自ら助くる人間には優しく――父が実践してきたことのすべてが自分の行動規範になっていることに、今更ながら気づかされる。歳は取ってみるものである。

そして、父が私にしてくれたことでもっともよかったと思えるのは、彼が小説家という仕事を世の中では無用のものだと考え、長い間、一人前の仕事として認めなかったことである。

あるとき、こんなふうに言われたことがあった。

「男は起業して、人とともに働き、人のためによい仕事をして
皆をしあわせにする。お前の仕事はお前が
よければそれでいい仕事に見える。違うのか」

もし父が、小説家の私を「お前は素晴らしい」と手放しで褒めそやしていたら、私も、そうか俺は素晴らしいんだと勘違いし、身を持ち崩していたかもしれない。常に厳しい目で睨みを利かせるのも、父という教師の務めだということだろう。

私は何の縁か、紫綬褒章《しじゆほうしよう》を受けることになったのだが、そのときふと「父が生きていなくてよかった」と思った。

さすがの父も、褒章となると何を言い出すかわからない――いや、それは杞憂《きゆう》というものか。父はきっと、苦虫を噛み潰したような表情か、苦笑まじりに、こう言うのだろう。

「褒章も、薄利多売になったものだ」と。

29 親という名の先生　その二

母の言葉

還暦を過ぎて、親に叱られる子がいるのだろうか？　いる。私だ。紫綬褒章を受けたときのことである。

「お国があなたに差し上げたいというのを、まさかあなた、断るということはございませんよね」

いらないいんですとか何とか言って逃れようとする私に、母は「お父さんが生きていたらたいへんお怒りになる。私も許しません」と畳み掛けた。

「許しません」と言われたのは、齢六十六になって初めてのことだったので、やむなく受けてしまった。これが、受章の顚末《てんまつ》である。

新聞のインタビューで話したので、この逸話はかなり多くの人の知るところとなった。そして、私のことよりも、母の息子に対する毅然とした態度について、ずいぶんあちこちで称賛された。

そんな母のことを、最後に話す。

この歳になって初めて、というくらいなので、私はほとんど母に叱られることなく少年時代を送った。

それは私が四番目に生まれた西山家待望の長男で、家の後継者であったということもあるかもしれない。少年の頃から現在に至るまで、母の私に対する態度や言葉遣いは、至極丁寧なものである。

幼い頃から呼び名は「あなた」。父を亡くし、私が家長格になってからは「お前さま」と呼ばれることもある。私の夕飯に姉たちより一皿多くおかずが並ぶのも、オール1の劣等生だった少年時代からの慣例である。

今も、何かよい報告をすれば「それはよろしゅうございました」、忙しいと聞けば「あまり根《こん》を詰めてお仕事をなさいませんように」と、いささか古風すぎるほどの丁重さなのだ。

私が母から最初に教わったのは、自分の名前と、本籍の住所の文字だった。しかも母は、その文字を、自分からではなく父から教わるようにと言ったのである。


「お父さんに教えてもらいなさい」

前項「父の言葉」に記したとおり、父は、生まれてから半年間私を抱いてあやし、その後、「あとはお前に任せる」と母に育児一切を託した男である。

しかし母は、名前と本籍地という、子の人生にもっとも深く関わる文字を、父に教えさせた。

「よく見て覚えなさい。
見ていれば、字は、体に入ってくるものだから」

未知の字を眺める私に、母は傍でそう言った。字を習わせることで、父と息子の絆を強くさせようというのが母の作戦だったのだろう。

効果はてきめんだった。紙と鉛筆を持って父親から習うことで、私はあのとき、幼いながらに家を受け継ぐ覚悟のようなものを叩き込まれたと思う。たとえ、のちにその期待を裏切ることになったとしても、である。

おっとりとして穏やか。とはいえ、あの激しい人生を送った男の妻である。母は、決して奥様然として日々を送った女性ではなく、むしろ、若い頃からたいへんな働き者であった。

結婚した当初、馬小屋の二階で始まった夫婦の生活。父が事業を始めてからは、「大将」と呼ばれた夫に、母は「おかみさん」として仕えた。多忙を極め、ほとんど家に居着かない父に代わって、中学を卒業したての若者から老練な職人まで多くの使用人の日常の面倒を見、家業と家庭を実質的に切り回したのは、他ならぬ母だった。

「あなたが考えているより、他の人は汗水流して働いている。それが、世の中というものですよ」

常々語っていたその言葉は、母の半生そのものであった。

その背中を見てきた者であるから、これまでの私の人生において、どんなときも「働かない」という選択肢はなかった。母の日常が、何よりの教育。そうでなければ今、この年齢になって、私がここまで原稿を書き続けているはずがない。

公私にわたり多くの人々と接し、ものごとを差配していた母だから、優しいだけの甘い人間ではなかった。

勤めに来た、私と同じ年頃の少年が、悪戯《いたずら》半分にその身に刺青《いれずみ》を入れようものなら、母は彼らを鯨尺《くじらじやく》で叩いて叱った。奉公人とはいえ、親から預かった子に間違いがあってはならないと、その姿勢はあくまで厳しかった。

自分の子に対しても、決して身贔屓《みびいき》をしなかった。

姉のひとりが「こんな家に生まれたくなかった」と喧嘩のはずみに口走ったときに、「謝りなさい」と鬼の形相で迫ったのも、忘れられない思い出のひとつである。

しかし、世の中で出会う、いわゆる弱き人々に対しては、どこまでも慈悲深さを発揮した。

少年時代のあるとき、私と弟は、銭湯の壁によじ登って女風呂を覗こうとしていた男の姿を見つけ、母に言いつけた。しかし母は、怒るでも呆れるでもなく、静かにこう言ったのだ。

「よっぽど何か、せんない事情があるのよ。そっとしておきましょう」

せんない、とは「仕方がない」という意味である。

世知辛《せちがら》い世の中を生きていくためには、ときにはどうしようもない思いを吐き出したくなるときもあるだろうと、母は男の心情を慮《おもんぱか》ったのか。拍子抜けする私と弟を尻目に、母はそっと目を伏せただけで、男の振舞いを咎めなかった。

我慢強い人だった。

私が学校で、誰かに差別的な扱いを受けたり、からかわれたりして憤るときは、こう言って叱咤した。

「あなたは男の子でしょう。あなたがそれだけ口惜《くや》しいと思ったことなら、あなたはそういうことを人に対して一生言わないと決めればいいんです。お父さんもお母さんも、そう決めて生きています」

人と自分を比べてため息をついたり、誰かを憎み蔑む言葉を発したときには、こんなふうにたしなめられた。

「決して人を羨んだり、人を恨んではいけません。そういうことをしていたら、哀しみの沼に沈みますよ」

子どもたちがいずれ出会うであろう世の中の「せんなさ」に、また、生きていればいつかは味わうどうしようもないやるせなさや哀しみに、心だけでも備えさせようというつもりだったのだろうか。

まだ幼かった私にとって、それはよく理解できない感情だった。が、その静かな言葉は折に触れて思い出され、ささくれ立った私の心を鎮めてくれたものだった。

実際、母の人生も、何度か深い哀しみに襲われた。

その最大のものは、やはり弟の死であろう。十七の弟が海で遭難し、魂の抜けた体が無言の帰宅をしたとき、母は医師に、叫ぶようにこう訴えていた。

「先生、この子は一生懸命に体を鍛えていた、丈夫で、素直な子です。どうぞ生き返らせてくださいませ」

子が親より先に逝く。せんなさの極みの瞬間には、母もまた冷静ではいられなかったのだろう。その痛みは、父のものであり、私のものでもあった。母は全身で、家族の哀しみを代弁していた。

羨んではならない。恨んではならない。母が言っていた、あの言葉がより身にしみるようになったのは、弟との別れがあってからである。

母がどうやって、この喪失を乗り越えたのか。身近にいながら、いや、身近にいるからこそ、私は言葉で、それを母に質《ただ》したことはなかった。

が、母は弟の死を経験して以降、考え方を、どこか大きく変えたのかもしれない。大学時代、野球で体を壊したときに、こんな手紙をもらったことがあった。

「お前さまが辛《つら》いと聞き、母は心配をしております。

これまでの母の生きてきた道に何か間違いがあったのでは、とも思っています。

それでも、お前さまが、こう生きたいと決めた道故《ゆえ》に、どうぞ乗り越えてくださいませ。

母は、痛みがやわらぐことを祈っています」

思えば、家を継ぐ以外に道はないと育てられた私が、家業を継がないと宣言して家を出た十八の春にも、激怒する父に反して、母は私の意志を尊重してくれた。

「弟の分も、あなたがしっかりと生きることです」

父と私が対立していたことには、さぞ心を痛めていたであろうが、いつも、かけられるのはこんな激励の言葉だった。

子とはいえ、命は、いつまで続くかわからない。ならば、せめて好きなことをして、本人の願う人生の道を歩ませてやりたい——そう思ったのではないだろうか。

何があっても、それが私の望んだことなら母は受け止めてくれる。その思いは長きにわたって私を強くし、今も私を支えてくれるもののひとつである。

「お母さんが人生でいちばんうれしかったときは、いつですか?」

いつか、こんなことを尋ねた日があった。おぼろげな記憶に頼ると、私は三十代で、母が、おそらく五十代か六十の坂に差し掛かった頃だったのではないかと思う。

「あなたが生まれたときは、そりゃあうれしかったですよ」

「いや、そうでなくて、若い頃とか……そういうときのことですよ」

そう言うと、母は思い出をたどるように目を泳がせ、やがて、少女時代のある思い出を語り始めた。

母は子どもの頃、算盤《そろばん》が苦手だったという。もともと詩歌や文学が好きで、国語や他の教科はよくできたものの、算盤だけがどうしても不得手。それである夏、一念発起して、遊びにも出かけず、夏休みの暑いさなかに家に閉じこもり、算盤の練習に没頭した。休み明けの授業で、母は算盤を苦もなく扱えるようになっていた。教師は母の努力を認め、皆の前で、それを褒めたそうである。

クラスの皆からの拍手。その音を聞くときの面映《おもはゆ》いような気持ち。それと並んで、母の心に焼き付いていたのは、そのときに眺めた光景だった。

「あのとき、窓から差し込んだ光の眩しさ……今でも、覚えているのよ」

ハッとした。私にとっては母であり、庇護者《ひごしゃ》であった彼女の頬が、少女のように輝いたのだ。

この母も、母になる前にはひとりの少女であり、夢を抱いたひとりの若き女性であったことに、あらためて気づかされた。その頃、私は小説を書き始めたばかりだったが、まったく、鈍い作家もあったものである。

そのときに思ったことがある。

それは、「いつか、母の青春時代を小説に書く」ということである。

豪胆な夫に仕え、その夢を自分の夢とし、理想的とは言えない状況で家庭と家業を切り盛りしながら幾多の哀しみを乗り越えてきた母の人生。そのありようは、ひょっとしたら母の望んだものではなかったかもしれない。

しかし、特殊な状況や環境に染まることなく自分を貫き、母は今を生きている。世の中には、どんな環境に置かれても汚れない胴の据わった人もいて、おそらくそれが母であり、母の教えなのだろうと、私は思う。

そんな人生を前にして、相変わらず私は劣等坊主のままだ。

褒章を実家に送ったところ、母はそれを見て涙を流して喜んだそうだが、それでも私はまったく、あの母に頭が上がらない。これから先も、上がる気がしない。

「作家なのだから、どんなことにも拘束される必要はありません。

たとえ私たちのことでも、何を書かれてもしょうがないと思います」

私の仕事や作品について、以前、母はこんなふうに言っていた。なので、母のことを書く、その許しは下りているはずである。

だが、まだ私は書けずにいる。しかし、いつかはきっと——それが私の今の夢といえば夢であり、希望といえば希望だ。

夢の物語を、いつかきっと私は書く。

本書は、二〇二二年四月、集英社より刊行されました。

初出「集英社WEB文芸RENZABURO」（現・集英社文芸ステーション）二〇一五年五月～二〇一七年五月

伊集院　静の本

ごろごろ

昭和40年代、ベトナム特需に沸く横浜港に流れついた男たちの遊びは決まってひとりが抜ける三人麻雀だった——。寂寥と流浪を描いた傑作長編小説。第36回吉川英治文学賞受賞作。

でく

弟の死と家族の問題に苦しむ私は、罪悪感から逃れるために地方を転々とするその日暮らし、酒と女とギャンブルにまみれた生活を続ける。男の魂は何処へ——。伝説の無頼小説。

集英社文庫

集英社文庫

タダキ君《くん》、勉強《べんきょう》してる？

2025年1月30日　第1刷　　　　定価はカバーに表示してあります。

著　者　伊集院《いじゅういん》　静《しずか》
発行者　樋口尚也
発行所　株式会社 集英社
東京都千代田区一ツ橋2-5-10　〒101-8050
電話　【編集部】03-3230-6095
【読者係】03-3230-6080
【販売部】03-3230-6393（書店専用）
印　刷　大日本印刷株式会社
製　本　大日本印刷株式会社

フォーマットデザイン　アリヤマデザインストア　　　　マークデザイン　居山浩二

ISBN978-4-08-744733-0 C0195